자연에서 마주한 삶의 이면

내가 묻고,
산이 답하다

정성교 지음

마이티북스

| 목 차 |

자연에서 마주한 일상의 이면

'왜 문제가 생기는 걸까?', '왜 내가 보고 느낀 것과 다를까?' 이 '왜?'라는 질문에 내가 내린 답은, 스스로 규정한 '단독적 사고의 틀'이다. 실수가 계속되는 이유는, 뇌에 입력된 사고를 바탕으로 현상에 집중하기 때문이다. 꽃나무에 꽃이 피지 않는 이유를 나뭇가지에 물을 수 없듯, 표면으로 드러난 현상 이면에 문제를 일으킨 본질이 존재한다. 그러므로 문제가 되는 현상을 지우고, 이면과 마주하는 사고의 전환이 필요하다.

사실 나는 반드시 성공하겠다는 생각에, 빠르고, 급하게 살아왔다. 그 결과, 서두름과 서투름으로 놓치기 일쑤였다. 그러다가 어떤 계기로 나를 돌아보고, 타인을 살피며 살아가는 행복을 알게 되었다. 이에 그러지 못한 지난 시간이 후회스럽기도 하지만, 한편으로는 이제라도 깨우쳤음에 다행이라는 감정이 더 크게 다가온다.

이쯤 되니 "세상에는 돈보다 중요한 게 많다."는 말이 피부로 와닿는다. 나는 그중 하나가 '다음 세대에게 깨끗하고, 맑은 자연을 선물하는 일'이라고 판단했다. 이에 나는 매주 주말마다 산을 오른다. 그렇게 정상으로 향하는 동안 쓰레기를 주우며 청소하는 모습과 산에서 얻은 감동을 글로 남겨, 자연의 위대함과 소중함을 조금이라도 더 많은 사람에게 알리는 활동을 하고 있다. 물론, 누군가에게는 이런 나의 행동이 부질없게 보일 수 있다. 꿈과 목표를 달성하기에도 바쁜 세상이니까. 나 역시도 얼마 전까지 그러했고 말이다. 그러나 단순한 이해를 넘어, 자연에서 깊은 감명을 얻은 후로는 결코 헛된 일이 아니라는 확신이 생겼다.

이유를 설명해 보자면 다음과 같다. 모든 시간은 흐른다. 그러므로 지금은 과거가 되고, 미래는 지금이 된다. 이 진리가 변하지 않는 한, 선명한 미래가 있어야 명확한 지금이 있듯, 명확한 과거를 쌓아두어야 뚜렷한 미래를 만들 수 있는 법이다. 다시 말해, 지금의 나는 지나온 시간이 아닌 앞으로 지나갈 시간으로 완성된다는 사실과 이로써 내가 목표하는 바를 현 시점에서 어떻게 대해야 하는지를 자연을 통해 배웠다. 더불어 눈앞에 일어나는 어떠한 문제에는 단편적인 사고가 아닌, 그 이면의 무언가와 연관이 있고, 오히려 숨겨진 무언가에 문제의 본질과 가까운 경우가 많음을 알아차렸다. 여기에서 더 나아가 이면에 가려진 부분을 인지해야, 해당 문제에서 벗어날 수 있고, 이 점을 알고 있더라도 우리가 일차원적으로 보고, 느낀 것만으로는 가려진 본질을 쉽게 볼 수 없음을 받아들이게 되었다. 만일 이런 능력을 갖추길 원한다면, 문제 안에 숨은 뜻을 이해하는 사고 전환의 훈련이 필요함을 깨달았다.

그 이후로 산에서 마주한 자연은 이전과는 다르게 보이기 시작했다. 그 와중에 모두가 잘하고 싶어 하지만, 어렵게 느끼는 '관계'와 '성장'도 자연처럼 하면 되겠다는 생각이 스쳤다. 흙과 돌, 나무와 낙엽, 바람과 바위, 계곡과 폭포, 눈과 비, 해와 달, 꽃과 별 등 그들 사이에서 상처받지 않는 관계와 흔들리지 않는 성장을 볼 수 있었던 덕분이다.

이 책에는 그와 관련한 나의 경험과 놓치고 싶지 않은 순간의 감정을 담았다. 단언컨대, 스스로 가치 있다고 믿으며, 몸소 체험하면서 남긴 기록이다. 하나 바람이 있다면, 나의 이야기가 밑거름이 되어, 당신이 현재보다 더 나은 관계를 맺고, 어제보다 더 나은 '나', 흔들리지 않는 자신으로 나아가는 데 작은 도움이 되었으면 한다.

내가 묻고, 산이 답하다

01

고민이 찾아오면
설레는 일을 찾으라

처음 오를 산은 '대둔산'이다. 충남 금산과 논산, 전북 완주에 걸쳐 있는 이곳은 '남한의 금강산'이라고도 부른다. 우리 집에서 약 140km 정도 떨어져 있지만, 속리산의 첫 경험을 회상하고 싶어서, 묻지도 따지지도 않고 떠났다.

　그렇게 새벽 5시에 태고사 주차장에 도착했다. 눈앞에 시작부터 만만치 않은 급경사와 너덜길이 펼쳐졌다. 가파른 오르막에 의해 심장이 빠르게 뛰는 건 어찌 보면 당연한 일이다. 고민도 이와 같다. 멈추지 못하면, 결국 쓰러지고 만다.

　여하튼 헐떡이는 나를 위로해 주는 건 절로 감탄하게 하는 능선에서 마주한 비경이었다. 특히, 닫혀 있던 귀를 활짝 열어준 새 소리는 온몸에 전율이 흐르게 했다. 처음에는 누군가의 솔로곡인가 싶었지만, 호흡을 가다듬고 나니 수백~수천 마리가 내는 세레나데로 들렸다. 그 순간, 나는 그 자리에 그대로 멈추고 말았다. 산등성이만 희미하게 보이는 곳에서 보이지 않는 새들이 내게 설렘을 안겨주었으니까.

세상에는 보이는 것도, 보이지 않는 것도, 만져지는 것도, 만져지지 않는 것도 있지만, 이렇게 무형의 설렘이 더 크게 다가온다. 그 설렘으로 인한 두근거림이 즐거운 상상을 일으키니까. 그리고 보이지 않지만, 들리는 소리에 기대가 부른 상상으로 자연스레 흥분된다.

이런 좋은 마음을 품고 한 발 한 발 내디뎠다. 정상에 가까워질수록 암릉과 바위가 길이 되어 있었다. 두려웠지만 첫발을 디딘 덕분에 고민은 사라지고, 산 위에서 노닐게 되었음을 느꼈다. 그렇다. 두려움은 찰나일 뿐이다. 그러니 자신 있게 선택만 하면 된다.

다시 말해, 고민이 된다는 것은 자신감이 결여된 상태라 할 수 있다. 물론, 당장 끝낼 수 없는 고민도 있다. 바로 '감정 고민'으로, 이는 눈에 보이는 대상이 아닌 관계에서 오는 현상이다. 많은 사람이 어려워하는데, 내게는 쉽게 해결하는 방법이 있다. 내면이 아닌 외면으로 상대하는 것이다. 그러면 금세 '감정 우물'에서 빠져나올 수 있다. 가령, 상처를 주었다면 사과하면 되고, 반대로 상처를 받았다면 솔직하게 표현하면 된다. 단, 표현에 감정이 섞이지 않도록 주의해야 한다. '감정 폭력'이 되지 않도록 말이다. 그런 상황을 만들지 않으려면, 속마음을 전달한 뒤에는 감정에서 자유로워야 한다. 한마디로 나의 이야기를 전달한 후, 상대가 보이는 반응에 개의치 않아야 한다. 만일 그렇게 하지 못하면, 다시 감정 고민이 고개를 들어 악순환이 반복될 수밖에 없다.

때마침 한 나무에 어디에서 굴러와 박혔는지 알 수 없는 큰 바위가 보였다. 자기 둘레보다 더 두꺼운 바위에 쓰러지지 않고 버티고 있었다. 그 힘은 뿌리에서 비롯함을 우리는 쉽게 알 수 있다. 그런데 고민이 깊이 내린 뿌리를 닮았다는 생각이 스쳤다. 한번 시작한 고민은 쉽게 사그라지지 않고, 아무리 주변에서 긍정의 기운을 불어넣어 주어도 스스로 빠져나오지 못하면, 상황이 끝나도 끝난 게 아니니까.

중간중간 이런 깨달음을 주는 자연이기에 암릉과 바위를 오르내리기를 반복해도 즐겁고, 설레었다. 게다가 앞으로도 산행을 멈추지 않을 것이기에 수많은 돌산을 등반하기 위한 연습으로 다가왔다. 이런 나의 마음가짐에 대한 선물일까? 정상에 다다르기 직전, 반으로 '쩍' 갈라진 큰 바위가 내 눈앞에 나타났다. 추측건대 천둥 번개가 그리 갈라놓지 않았나 한다. 그 기이한 모습에 갈라진 사이에 들어가 보려다가, 또다시 닫히면 어쩌나 싶어 그만두었다. 더 정확하게는, 나 어릴 적보다 천둥 번개 횟수가 늘어난 게 환경 탓임이 분명할 텐데, 그로 인한 자연 현상을 즐기고 싶지 않았기 때문이다.

이윽고 정상을 밟았다. 정상에 가만히 앉아 여태 올라오면서 생겼다 사라지기도 했던 고민의 근원에 관해 사색에 잠겼다. 그 끝에 '고민'이란, 무엇에 대한 선택 또는 무엇에서 빠져나오기 위한 애씀으로부터 비롯한다는 결론에 다다랐다. 설령, 그런 노력이 필요하다 하더라도, 숟가락에서 삽으로, 삽에서 포클레인으로 더 깊이 파고 들어가서는 안 된다는 게 핵심이다. 스스로를 땅굴에 집어넣지 말라는 뜻이다. 두렵고, 불안함에 자기가 만든 마음의 철창을 열고 나오기란 쉽지 않으니 말이다. 심지어 그 감정이 안정감으로 바뀌면 문제는 더 커진다. 그때부터 고민할 이유도, 선택의 여지도 사라져 철저히 고립되므로.

만일 당신이 이런 상황이라면 혹은 주변에 이런 사람이 있다면, 그 고립으로부터 벗어나오는 열쇠를 알려주겠다. 바로 '설렘'이다. 예를 들어, 어떤 일을 선택해야 한다고 해보자. A는 '내가 잘할 수 있을까?'라고, B는 '막상 하면 잘할 수 있을 것 같은데?'라고 생각한다. 심지어 후자는 벌써 그 일을 해낸 자신의 모습을 떠올리고 있다. 어떤가? A에게서는 부정의 기운이, B에게서는 긍정의 기운이 느껴진다. 그 일의 결과도 뻔하다. A는 아예 선택을 하지 못했거나, 선택했더라도 좋은 성과를 내지 못할 가능성이 높다. 흔들리는 감정에서 시작한 공사는 제대로 된 집을 지을 수 없으니까. 반면, B는 기분 좋은 두근거림으로 출발했기에 모든 과정이 즐겁다. 또 원하는 성과를 내지 못했더라도 시도한 경험을 성장의 발판으로 삼는다. 이기고 짐에, 크게 상처받지 않는 것이다. 이처럼 설렘은 가능성을 열어주는 장치와도 같다.

그러니 긴 고민을 하지 말자. 긴 고민은 약한 믿음이 가져오는 혼란일 뿐이라서, 올바른 선택을 하지 못하게 한다. 더욱이 이것이 반복되면, 자존감까지 갉아먹어서 외부와의 단절을 불러일으킨다. 그러면서 '못하는 게 아니라 하지 않을 뿐'이라는 착각에 이르게 한다. 하지만 이는 절실함이 없는 데서 하는 핑계일 뿐이다. 이런 자세는 숱한 기회도 떠나보내 버린다.

기억해라. 절실한 사람은 상처도 감당해 낼 자신감으로 도전한다. 그리고 긴 고민을 하지 않는다. 자신을 믿기에. 혹여나 성장은 하고 싶지만 절실함이 부족하다면, 세상을 향해 "왜?"를 외치는 것도 한 방법이다.

이렇듯 대둔산은 고민과 설렘을 넘나들며, 내가 어떤 태도로 삶을 대해야 하는지 내 귓가에 읊조려 주었다. 그래서인지 그 어느 때보다 돌아오는 발걸음이 아쉽고, 쓸쓸했다.

작은 변화가 일어날 때,
진정한 삶을 살게 된다.
_레프 톨스토이

02

의심은 내 성장의
자양분이다

이번 산은 경남 합천군과 성주군에 걸쳐진 '가야산'이다. 당일치기로 다녀오기에는 부담스러워 금요일 퇴근 후 내려가, 숙소에서 잠을 청했다. 이튿날, 가야산 주차장에 도착하니 새벽 3시 22분이었다. '만물상 코스'라고 쓰인 계단 앞에 서자, '그게 무엇이든 얻을 게 있겠구나.' 싶었다. 초입부터 큰 바위와 암릉이 눈에 띄어서 지금까지 해왔던 산행과는 다른 느낌이었으므로.

　이런 설렘으로 산속으로 들어가는데, 짐승의 울음소리가 들렸다. 처음에는 나의 첫 책《산, 또 다른 나와 마주한 시간들》의 계방산 늑대개인가 해서 공포감이 일었다. 그런데 알고 보니 고라니였다. 그 사실을 알게 된 나는, 정확하지 않은 판단으로 즉, 의심으로 무서운 존재를 만들어 머리와 마음에 각인시키면, 큰 두려움이 몰려오게 됨을 깨달았다.

　한편, '의심'은 이와 같이 보이지 않는 데서 시작하기도 하지만, 눈앞에 명확히 보이는데도 불신하기도 한다. 한마디로 부정이 삶을 뒤덮은 'Black blind' 상황이다. 이때는 모든 진실이 가려지고, 의심만

남는다. 하지만 의심이 나쁘다고만 할 수는 없다. 아니, 오랜 시간 의심과 동행한 나는 오히려 반갑다.

설명을 덧붙이자면, 많은 사람이 의심 살 행동을 하지 말라고 한다. 그런데도 나는 마트에서 필요한 물건을 사듯 의심을 사 왔다. 대개는 꿈을 이야기할 때였다. 이유는 이랬다. 목표를 혼자서 묵묵히 해내는 사람도 있지만, 나는 거창하게 말했다. 그러면 주변에서는 의심의 눈길을 보냈고, 그 순간 내게는 성장 에너지가 가득 주유되어, 나만의 게임을 가동시켰다. 말 그대로 의심을 즐긴 것이다. 또 이런 반복된 훈련은, 나에게 도전, 극복, 성취 프로그램으로 세팅된 새로운 캐릭터를 탄생하게 했다.

그 과정에 나는 내가 무엇을 원하고, 어떤 도움이 필요한지 알렸다. 개인적으로 세상은 혼자 살아가는 공간이 아니기에, 꼭 필요한 부분이라고 생각한다. 의심하기는 했으나 나의 변화되는 모습에 하나 둘 마음을 열면서, 나의 요청에 응하거나 응원을 보내주어 나의 목표 달성에 가속을 붙게 했으니까. 그것도 무제한적으로.

이런 더불어 사는 삶을 가장 잘 보여주는 곳이 산인 듯싶다. 암릉과 바위가 엉켜 있고, 그 사이로 소나무가 자라 있는 것만 봐도 알 수 있다. 그들이 서로 의지하며, 굳건히 버틸 수 있는 게 상생이 아니라면 무엇이란 말인가. 이렇게 겉으로 드러나는 부분에서뿐만 아니라, 빈 공간을 채우는 흙과 뿌리의 역할도 중요하다.

비단 자연만 그런 게 아니다. 우리는 서로가 서로에게 영향을 주며, 성장해 나간다. 그래서 나는 성장의 다른 말로 '방법'을 떠올린다. 주어진 상황을 어떻게 받아들이느냐보다 어떤 방법으로 대하는지가 중요하다. 당신도 알겠지만, 그저 열심히 한다고 잘되는 법은 없다. 잘되는 사람은 '무조건'이 아니다. 항상 '조건'을 세우고, 거기에 맞춰 일한다. 계획적이라는 말이다. 의심과 성장의 연관성은 여기에 있다. 기분 나쁜 의심을 받으면, 나도 모르게 이겨 내고 싶은 생각에 뭔가 계획하기 시작한다. 성공으로 가는 길, 과정의 질을 높이기 위한 최상의 에너지가 바로 의심에서 '기획된 계획'이다.

여기에 '부정'은 최대한 덜어내고 싶지만, 성장과 부정은 마치 자석 같다. 선명하게 갈라졌지만, 딱 붙어서 떨어지지 않아 신기하게 여긴 산을 오르며 본, 여기저기 금이 간 바위처럼. 예를 들어, 성장을 해야 한다고 하면서도 자기합리화를 위한 안 되는 이유를 끌어오며, 방어에 공을 들인다. 그런데 이런저런 핑계를 대다 보면, 더 큰 부족함이 드러나서 부정을 밀어내고 싶은 마음이 든다.

그럼 어떻게 해야 할까? 보통은 부정을 밀어내려면, 강력한 동기 또는 계기가 필요하다고 생각하는데, 그렇지 않다. 개인적으로 '선 긍정, 후 희망'만큼 큰 특효약은 없다고 본다. 선택하기 전에, 선택으로 인해 얻을 장점과 밝은 비전을 떠올리며, 의심이 아닌 희망으로 들어야 한다는 얘기다. 단순히 "잘될 거야.", "잘해보자."라고 외치는 것과는 다르다. 머리와 마음까지 여는 게 핵심이다. 이미 닫힌 긍정의 문을 안고 하는 선택은, 부정적일 수밖에 없기 때문이다.

당연히 어떤 일을 하기 전에 충분히 정보를 알아봐야겠지만, 의심하지 않으려면, 그 일을 했을 때의 좋은 점을 나열하고, 그것을 전적으로 믿어야 한다. 그렇게 일말의 의심조차 하지 않고 나아가야, 더 나은 결과를 만들어 냄으로써 선택에 후회를 하지 않게 된다. 실패를 하게 되더라도 말이다.

의심은 내 성장의 자양분이다

이쯤 되니, 의심과 성장을 3가지 유형으로 나눌 수 있었다. 먼저 의심은 받는 것, 하는 것, 자기 자신에게 하는 게 있는데, 받은 것은 보여주는 것으로, 하는 것은 정보 습득으로, 자기 자신에게 하는 것은 자존감을 높여 설렘으로 이겨낼 수 있다. 다음으로 성장은 혼자 하는 것, 주는 것, 같이 하는 게 있는데, 혼자는 크게 될 수 없고, 누군가가 성장하길 바란다면 베풀어야 하며, 베풀면 받는 사람도 주는 사람도 함께 성장하게 된다.

아무튼 의심과 성장에 관한 내 나름의 정의를 하면서 올랐던 산을 내려오며, 주변을 더 자세히 둘러보았다. 만물상 코스에 만물상은 없었지만, 자유자재로 뻗은 바위에서 거북이, 용, 소, 코끼리, 악어 등의 모습이 보였다. 덕분에 마음의 눈으로 내 멋대로 만물을 그려냈다. 그야말로 내 세상 같았다.

그날의 산행을 마치고, 우리나라에서 으뜸이라는 상주 참외를 구매해 왔다. 하지만 이게 웬걸. 평소 사 먹는 참외보다 맛이 덜한 기분이 들어, 자연스레 '상주 참외가 맞나?' 하는 의구심이 생겼다. 이에 아주 잠시였지만, 의심의 부정 파괴력을 새삼 실감해, 의심을 긍정적 성장 에너지로만 사용해야 하는 이유가 피부로 와닿았다. 덩달아 나에게 찾아올 의심을 어떻게 활용해야 할지 미리 구상할 수 있어 감사한 하루의 마무리였다.

만일 사람이 확신을 가지고
무언가를 시작한다면,
의혹으로 끝날 것이다.
그러나 의혹으로 시작함으로써
확신으로 끝날 것이다.
프랜시스 베이컨

03

추억과 그리움은
'지금'의 가치를 선물한다

깎은 듯한 암릉과 바위, 폭포가 멋지다고 알려진 강원도 춘천의 '삼악산'에 올랐다. 차에서 내린 시각은 새벽 2시 38분. 계곡과 나뭇가지 부딪치는 소리가 마치 폭포 아래로 세차게 떨어지는 물소리처럼 맑았다. 출발 지점이 계단이라 반가웠는데, 이내 너덜길이 나타났다. 게다가 며칠간 비가 와서인지 계곡물이 등산로로 넘치고 있었다. 그래도 나무뿌리와 돌 사이로 '쪼르르' 내려가는 물길이 보기에도 듣기에도 좋았다. 매번 느끼지만 이렇게 유연하게 만드는 자연에 그저 감사하다.

　이윽고 물소리가 커져 옆을 보니, 미련 없이 떨어지는 폭포가 한눈에 들어왔다. 그런 폭포와는 달리 어떤 미련이 남았는지 옛 추억이 떠올랐다. 이렇게 추억이 고개를 들면, 슬며시 따라온 그리움이 노크하곤 한다. 그러면 추억과 그리움의 경계선이 모호해진다. '사랑은 추억이고, 부모는 그리운 것인가?' 하면서. 그런데 곰곰이 짚어 보면, 반드시 그렇지는 않다. 추억은 시대와 공간이 겹쳐 오고, 그리움은 단 하나의 점에도 빠져드니까. 즉, 떠오르는 게 다수인가, 하나인가에 따라 추억과 그리움으로 나뉘는데, 재미있게도 그 둘은 언제나 붙어 다닌다. 추억이 밀려오면 그리움이 비집고 들어오고, 그리움에 잠기면 그

때 그 순간이 머릿속에 그려진다. 한마디로 추억은 아련하지만, 그리움은 선명하다. 그래서 추억은 미소 짓게 하지만, 그리움은 시·공간을 넘어와 지금을 흔든다.

같은 말이지만 한번 더 정리하자면, "그때가 그립다."는 건 시대와 장소의 소환, "추억이 떠오른다."는 건 여러 가지 일에 관한 소환이다. 만일 '그리운 추억'이라고 표현한다면 당시의 시절과 장소, 사람 등이 함께 오는 것이다. 그렇다면 관계에서 더 중요한 건 시대와 장소를 아우르는 '시간'이 아닐까? 우리는 태어나 언젠가 돌아가고, 지금도 시간은 흐르며, 이 또한 추억으로 간직될 테니 말이다. 이는 추락하는 실수가 없도록 가파르게 깎인 바위의 절벽을 네 발로 기어오르며, 두 눈을 크게 뜨고 집중하면서 얻은 결론이다. 이쯤 되니 현재를 누구와 어떻게 보내느냐에 따라 좋은 추억으로 남을 수 있다고 생각하니, 시간도 함께하는 이들도 새삼 고맙게 다가온다.

한편, 나는 일상에서 새소리가 들리면 마치 산에 온 듯하다. 그 지저귐에 산 전체가 소환된다. 또 학생들이 과거에 유행했던 옷을 입고 있거나, 옛 노래가 라디오에서 흘러나오면 그 시절 추억에 잠긴다. 아마 지금 이 순간도 시간이 지나면 분명 그러리라. 그렇게 눈을 감았다 뜨는 찰나의 순간도 추억이 될 수 있다. 그러기에 추억이 많고 적음은 결국 스스로 시간에 어떤 의미를 담았는가에 따라 달라지는 게 아닐까 한다. 의미 없이 보낸 시간은 추억도 그리움도 남기지 않으니까. 다시 말해, 좋은 추억으로 남기고 싶다면 좋은 의미를 담으면 되고, 그럼에도 좋지 않은 추억으로 남았다면 흘려보내면 된다. 한마디로 미래에 나를 괴롭히는 시간을 만들지 말란 의미다.

내가 이렇게 추억과 관련해 더 많은 이야기를 하는 특별한 이유가 있다. 살아가는 데 그리움이 없다고 해서 큰 문제가 되지 않지만, 추억은 그렇지 않아서다. 그리움은 감정으로만 남지만, 추억은 감정에 더해 정신에도 선명하게 남는다. 이에 따라 특정 시기나 장소를 기억하고 싶지 않다고도 하지만, 일명 '추억팔이'로 삶에 활력을 불어넣는 사람도 많다.

여기서 의문을 제기하는 사람도 있을 것이다. "괜스레 나쁜 추억을 왜 꺼내느냐?"라고. 여기에 분명한 답이 있다. 보통 기억은 경험에 의해 의식 속에 자리 잡고 있다. 그런데 추억은 무의식에 잠들어 있다가 비슷한 시대의 감성이나 장소에 의해 의지와 상관없이 일어난다. 잊고 싶지만 지워지지 않는 필름과도 같은 것이다. 그래서 내가 급경사에서 족히 10m는 돼 보이는 거대한 바위에 막혀 힘들게 오른 길을 내려가 다시 등산로를 찾듯, 나쁜 추억이 떠오른다 싶으면 그곳으로 가지 않기도 한다.

왔던 길을 돌아가 찾은 등산로에서 파릇파릇하게 피어난 꽃잎들 사이로 메마른 가지가 보였다. 그 순간 부모님 얼굴이 눈앞에 그려졌다. 내게는 부모님이 그리움이다. 당신들은 언제나 시간을 주는 것으로 채웠다. 그저 주기만 하고, 받는 건 마다했다. 더운 여름엔 에어컨 없이 업어 키우고, 추운 겨울에는 주전자에 물을 데워 가며 씻겨주었다. 말 그대로 만지면 깨질까 닿으면 부서질까 애지중지 우리를 키워냈다. 그리고 누군가에게 상처받아 혼자 울던 날도 옆을 지켜주었다. 물론, 모두의 기억이 같지는 않겠지만, 언제나 사랑의 눈으로 바라보고, 뒤돌아 울음을 삼켰던 부모님을 생각할 때마다 그리움에 사무치는 건 나뿐만이 아니리라 본다.

내게 추억과 그리움의 경계를 분명히 해준 삼악산을 돌아보니 곳곳에 설치해둔 로프와 사다리가 보였다. 어둠에 제대로 보이지 않던 모든 곳이 아찔했다. 그런 가운데 처음으로 하산 끝자락에 운해를 마시며, 희미한 산길을 내려올 수 있어 나름 뜻깊었다. 더욱이 운해가 산을 감싸 도화지를 만들고, 그 위로 해가 비쳐 붉은색 물감을 칠하고 있는 풍경이 어찌나 아름다운지. 그 장면을 보고 있노라니, 추억과 그리움이 구름 뒤의 해와 같아서 보고 싶다고 볼 수 있는 것도 아니고, 보기 싫다고 보이지 않는 것도 아니다 싶었다. 하지만 적어도 그리움과 추억에 웃음 지을 수 있는 시간이 많길 바라며, '지금'이라는 소중한 순간을 더 의미 있게 만들어야겠다는 다짐을 안고 집으로 향했다.

추억이란
인간의 진정한 재산이다.
기억 속에서 인간은
가장 부유하면서도
또 가장 빈곤하다.
_알렉산더 스미스

04

질투하기 전에
배움의 현장으로 가라

동해에 있는 '두타산'에 가기로 했다. 그곳까지의 거리가 280km 라서 전날 이동했다. 다음 날 새벽 2시 4분에 주차장에 도착해 차에서 내리니, 시원하고, 상쾌한 공기가 반갑게 맞아주었다. 조금 올라가다가 거미줄에 걸린 벌레가 아등바등하고 있기에 떼어주려다 그냥 지나왔다. 자연은 하나라도 손대고 싶지 않아서다.

　멀리 베틀바위가 보였다. 들쑥날쑥 뾰족하게 하늘을 찌르는 날카로움 끝에 반짝이는 별이, 바위로 만든 촛대에 촛불을 밝혀주는 모습이 은은하고 아름다웠다. 높이 치솟았다가 깊게 파여 이리저리 이어진 바위를 보니, 배움에도 그 깊이가 다르다는 사실이 머릿속을 스쳤다.

　수많은 사람이 쉽지 않은 '배움'을 쉬지 않는다. 그 이유가 무엇일까 생각해 보니, 배우는 동안 갖는 혼자만의 시간이 외롭기도 하지만, 그 과정을 통해 나아진 '나'와 만나니, 그 맛을 알고 난 후로는 그만둘 수 없어서이지 않을까 한다. 물론, 모든 배움이 그렇지는 않다. 위로 갈수록 높아질 듯했던 바위가 그렇지 않고, 오히려 낮은 곳에서 더 높게 솟은 것처럼 말이다.

질투하기 전에 배움의 현장으로 가라

솔직히 배움을 바위의 높낮음처럼 위아래로 명확히 나눌 수는 없을 것이다. 하지만 배움의 차이가 삶의 차이를 만드는 건 분명하다. 배움에 집중하는 시간이 길어질수록, 인성과 교양의 수준이 변화되니 말이다. 또 학문과 지식을 습득하여 만들어진 품위는, 관계에서 특히 빛난다. 품격 있는 말과 유연한 행동이 상대에게 전달되는 덕분이다. 그로 인해 주변에 좋은 사람도 모인다.

그런데 이게 무슨 일인가. 배움에 대한 사색 중에, 내가 같은 곳을 맴돌고 있음을 느꼈다. 바쁘다는 핑계로 코스를 디테일하게 알아보지 않은 탓에 생긴 상황이었다. 아마도 나도 모르는 사이 '이제 산 좀 타봤다.'라며 이별했던 '척'이 슬며시 돌아왔던 게 아닌가 한다.

그래도 다행스러운 건, 짧은 시간에 길을 찾는 기술을 익혔다는 거다. '아닌 것 같으면 즉시 돌아가기'가 그것이다. 이는 산에서 부리는 억지는 필요 없다는 깨달음에서 얻은 지혜. 실제로도 왔던 곳으로 돌아가면, 수월하게 찾아진다. 그 이전에는 계속 오르면서 찾으려 했던 나였다. 길을 찾겠다는 의지가 아니라, 힘들게 올라온 길을 내려가야 한다는 불만과 실수를 인정하고 싶지 않았던 고집에서 했던 행동이었다. 그랬더니 길을 찾기는커녕 잃기 일쑤였다. 이제 와서 그때를 돌이켜보면, 참 부족했다 싶다.

배움에서도 마찬가지다. 아니다 싶으면, 돌아가야 한다. 그렇게 제대로 배워야 한다. 수박 겉핥기식으로 공부했다가는 체력과 시간만 낭비할 뿐이다. 더욱 중요한 것은 '초심 유지하기'다. 내가 산 좀 타봤다고 코스를 제대로 알아보지 않았던 것처럼, 지식이나 경험이 쌓이기 시작하면, 마치 전부를 다 아는 것처럼 배움을 멈추거나, 더는 배울 필요가 없다고 여기는 사람이 종종 있다. 그러나 정말 거기서 그만두면, 더 이상의 발전은 없다. 문제는 중단한 그 자리에서 머무르는 게 아니라, 내리막을 걷게 된다는 데 있다. 게다가 그 현상이 즉시 나타나는 게 아니라, 서서히 드러나서 더 무섭다. 그러므로 모든 것을 멈추고 싶고, 성장하기 싫다면, 배움과의 이별이 답이다.

배움 앞에 두렵기도 할 것이다. 그로 인해 불평이 절로 나오기도 할 테다. 오르고 있는 계단 끝에 껄떡고개가 시작된다는 안내에 혼잣말로 투정을 부린 나와 같이. 그런데도 포기하지 않는 이유는, 오르고 내리기를 반복하면서 배울 수 있음을 알고 있어서다. 그 과정에 어느 정도 올라 능선을 만나면, 정상이겠거니 했다가 착각임을 알고, 실의에 빠지는 순간과 마주하더라도 앞으로 발을 내딛는다. 숨이 턱까지 차올라 잠시 쉬게 되면, 별별 잡념이 밀려와 걸음을 멈추기도 쉽지 않다.

이렇게 어릴 때부터 숱하게 들었던 "배움에는 끝이 없다."는 소리를 산에서 터득한다. 그렇다고 해서 일찍부터 배움에 진심이었던 건 아니다. '실존적 배움'은 성인이 되고부터였다. 대부분이 그렇겠지만, 학창 시절에는 누군가에게 보여주기 위해 공부한다. 초등학생 때는 부모님에게, 중학생 때는 고등학교에, 고등학생 때는 대학에, 대학생 때는 사회라고도 부르는 직장에. 한마디로 증명을 위해 학습을 했다고 보면 된다. 이게 중요하지 않다는 건 아니만, 그런 배움에는 한계가 있다.

반대로, 스스로 성장하기 위해 또는 목표를 이루기 위해 자발적으로 하는 공부는 누군가에게 보여주려는 것도 아니고, 그렇다고 딱히 누가 알아주는 것도 아니다. 오히려 주변에서 시기 질투하는 사람이 많다. 그들은 스스로 멈춤을 선택한 걸 잊고, 타인이 성과를 내면 배

아파하는 무리다. 그로 인해 공부하는 사람들은 외롭고, 고독한 시간이 이어질 수밖에 없다. 성장과 발전에 숙명 같은 시간이라고 받아들이면서.

이로써 공부를 멈추지 않는 사람과 그렇지 않은 사람의 격차는 갈수록 벌어진다. 더욱이 후자는 투정부리는 빈도가 늘어남에 따라, 타인의 결점만 찾는 어리석음에 빠지기도 한다. 그야말로 소중한 삶을 갉아먹는 일이 아닐 수 없다. 심각하게는 다른 이의 실패를 본인의 승리로 판단하기도 한다. 그 와중에, 승부에 집착한 욕심에서 비롯한 배움은 독이 될 수 있다. 남보다 잘되길 바라는 마음이 우선이라면, 공부의 의미가 사라지기 때문이다.

'사돈이 땅을 사면 배가 아프다.'는 옛말이 괜히 생겨난 게 아닐 것이다. 하지만 남이 잘되는 모습을 보고 갖는 초라한 질투는 끝없는 부정을 부른다. 그러므로 샘이 난다면 자신의 부족함을 깨닫고, 그 부분을 채우기 위한 노력을 하는 게 우선이다. 그리고 그 속에서 우리는 사회에서 갖춰야 할 예절을 배우기도 한다. 흔히 아는 예의범절을 의미하는 게 아니다. 몰랐던 내용을 깨우치면서 나를 낮추는 매너를 뜻한다. 이는 학교와 회사의 선배나 상사로부터 배울 수 있는 게 아니다. 오로지 배움의 현장에서 스스로 습득할 수 있다. 신기하게도 이런 예를 갖추게 되면, 어디를 가도 격식을 갖춘 대접을 받는다.

여기까지 읽었다면, 당신이 해야 할 일은 단 하나임을 알리라 믿는다. 당장 지금보다 더 나은 모습으로 만들어줄 자기 계발의 자리로 가라.

Photo by 신명섭

인내할 수 있는 사람은
그가 바라는 것은 무엇이든지
손에 넣을 수 있다.
_벤자민 프랭클린

05

실망의 씨앗은
기대에서 싹튼다

등산을 본격적으로 시작한 후, SNS를 통해 '영남 알프스'를 많이 접했다. 그러던 어느 날, 그중 가장 높은 경남 울산의 '가지산'에 오르기로 했다. 참고로 가지산, 운문산, 천황산, 신불산, 영축산, 고헌산, 간월산을 유럽의 알프스처럼 아름답다고 하여 영남의 알프스라고 부른다.

　　지난주부터 계속된 장마와 주말 집중호우 경보에 걱정이 앞서기도 했지만, 산을 오르고자 하는 나의 열정은 누구도 막지 못했다. 그저 밤사이 비가 그치거나 잦아들길 바라며, 금요일 퇴근과 동시에 숙소로 내달렸다. 앞이 잘 보이지 않을 만큼 퍼붓는 비가 심상치 않았음에도, 출발한 내 차는 멈출 줄을 몰랐다.

　　당일에도 비바람이 세차게 불었으나, 산과 가까워지면 또 모를 일이라며 한 걸음씩 내디뎠다. 이렇게 많은 사람이 한평생 '기대'에 많은 시간을 쓴다. 원하는 것이 끊임없이 생겨나서일 테다. 다시 말해, 기대는 무언가를 바랄 때 생긴다. 그리고 대부분 부정이 아닌 긍정의 현실과 마주했으면 해서, 기대하는 순간이 아름답게 느껴진다.

하지만 주의할 점이 있다. 기대하는 시간이 길어짐에 따라 커지는 '실망감'이다. 즉, 기대를 안고, 짧은 시간 내에 목표를 달성하면, 상심에 빠질 일은 없겠지만, 그 반대의 경우에는 낙담하게 되고, 기다렸던 시간만큼 충격이 크게 다가올 수 있으니, 이를 경계하자는 뜻이다. 이에 나는 '기대 유통기한'을 둘 것을 권한다. 설명을 덧붙이자면, 데드라인을 정하고, 그 기간 안에 기대하는 바가 이루어지지 않으면, 마음에서 내려놓는 연습이다.

기대는 결과가 확실하지 않은 상황에서 갖는 마음이다. 그러므로 기대 밖의 결과에 대비해 두면, 실망을 줄일 수 있다. 나 역시 새벽 2시 46분경, '비가 그쳤으면······.' 하고 우비를 입고 빗속으로 들어갔지만, 그런 일은 일어나지 않았다. 그래도 급경사 앞에서의 잠시 멈춤은 앉아서 쉬는 것 이상의 편안함을 느꼈다. 아마도 나도 모르는 사이, 기대 유통기한을 작동한 게 아니었을까 싶다. 게다가 나는 등산로에 넘어온 나무에 손을 얹고 기댐으로써, 산의 위로와 격려를 받았다. 혼자 오른 산에서 오롯이 나만이 느낄 수 있는 안정감이었다. 마치 사랑하는 사람에게 어깨를 기댄 듯이.

그러자 '가장 아름다운 기대'의 정의가 내 머리를 스쳤다. '보이는 대상은 없지만, 어느샌가 안아주고, 받아주는 자연의 손길'이 바로 그것이다. 솔직히 일상에서 기대하면서 스트레스를 받지 않을 수 없다. 해소하고 싶어도 쉽게 되지 않을뿐더러 그렇다고 누군가가 대신 해결해 줄 수도 없다. 그럼, 각자의 방식대로 치유할 방법을 찾아야 한다. 그것이 내게는 산과 자연인 것이다.

어느덧 지저귀는 새소리와 함께 산에도 아침이 찾아왔다. 산을 오를 때마다 듣는 소리임에도 그날은 유독 반가웠다. 그 이유는 첫째는

내가 묻고, 산이 답하다

혹시 모를 산사태에 대한 두려움이 달아났음이고, 둘째는 정상에서 멋진 운해가 기다리고 있을 것만 같은 기대 덕분이다.

한편, 나는 시야와 걸음을 불편하게 하는 거세게 몰아치는 바람이 야속하기도 하지만, 쉬어갈 때는 반드시 바람이 부는 곳을 찾는다. 바람이 부는 만큼 시원해서다. 그런데 기대도 이런 바람과 닮은 듯하다. 본인에 대한 기대는 결과가 좋지 않더라도 크게 문제 삼지 않지만, 타인에게 했던 기대가 무너지면, 실망은 기본이고, 심하게는 분노까지 하기 때문이다. 이러한 이유로 나는 당신에게 타인에게는 기대에서 더 나아가 '바람'을 갖지 말아야 한다고 말해주고 싶다. 이런 나의 말에 '기대와 바람은 같은 게 아닌가?'라는 의문을 품을 수도 있다. 그러나 엄연히 다르다. 기대가 어떤 일이 이루어지기를 기다리는 마음이라면, 바람은 여기에 '간절히'가 더해진다. 이로써 실망의 크기도 달라진다.

가장 대표적인 예시가 가족 사이의 다툼이다. 처음에는 기대했던 마음이 점점 요구사항이 커지면서 원망으로 바뀌곤 한다. 반면, 기대를 내려놓으면, 이해의 폭이 넓어져 지혜롭게 격차를 줄여나갈 수 있다. 그러니 일방적으로 기대하고, 바람으로 키워 타인을 원망하는 일을 만들지 말자. 실망 뒤에는 절망만 남을 뿐이니까.

다시 말하지만, 가볍게 시작한 기대는 자신도 모르게 '무조건'이 전제가 되어 원하는 결과로 이어지지 않으면, 신세 한탄하는 나와 마주하게 한다. 오랜 시간 내가 원하는 그림만 그려왔기 때문이다. 이는 절대 올바르게 기대하는 모습이 아니다. 그렇다면 올바른 기대란 무엇일까? 만일의 상황에 대비하는 자세다. 한마디로 기대와 준비를 동시에 하는 것이다. 그러면 결과에 대한 후회나 실망이 최소화됨은 물론, 결과가 좋지 않아도 미리 인지했기에 다른 방법을 찾는 것과 같은 희망을 발견하기도 한다. 벼락에 맞은 것인지 커다란 나무가 갈라진 채 쓰러져 있음에도, 가지마다 새파란 잎을 피워내고 있듯이.

  명심해라. 기대는 길어질수록 본질이 바뀐다. 기대에서 바람으로, 바람에서 절대적인 소망으로. 더 무서운 건, 거기서 실망과 원망이 싹틀 수도 있다는 사실이다. 기대를 전혀 하지 않고 살 수는 없으니, 여기에 대한 예방은 기대 유통기한을 설정하는 것이다. 선택은 자유지만, 당신만큼은 꼭 장착했으면 한다.

내가 묻고, 산이 답하다

타인은
나의 기대를 채우기 위해
살고 있는 것이 아니다.
_기시미 이치로

06

집중의 능력은
일상의 정리에서 나온다

경남 진해와 김해를 남북으로 가르는 '굴암산'. 이곳을 목적지로 택한 특별한 이유가 있었다. 장마가 시작되고 2주간, 기록에 남을 만큼 큰비에 인명 피해는 물론, 곳곳에서 산사태가 일어나, 그냥 두고 볼 수만은 없어 '정비 산행'을 하기로 한 것이다. 더욱이 산을 만나면서 그나마 사람이 되어가고 있는 1인으로서, 가슴 아픈 현실에 조금이나마 보답하고 싶어 바로 떠났다.

거리상 328km 떨어져 있어, 하루 전에 출발하여 주차장에서 눈을 붙이고, 새벽 2시 6분경 첫발을 내디뎠다. 예상했던 대로 빗물이 등산로로 넘쳐흐르고 있었다. 그런데 10분도 채 되지 않아 아찔한 신고식을 치러야 했다. 다름 아니라, 들개 두 마리가 나를 보며 으르렁대고 있었기 때문이다. 때마침 눈에 띄는 돌이 있어, 재빠르게 집어 들어 던져 그들을 쫓아냈다.

이후에 만난 오르막. 그러나 나는 숨이 차는 것도 느끼지 못했다. 내 머리와 마음에는 온통 흩어져 있는 쓰레기를 줍고, 등산로에 밀려온 흙과 돌, 쓰러진 나무 치우기에 집중되어 있었으니까. 잠시 허리를 펴기 위해 멈추었을 때도, 내 손에 들린 플래시는 쓰레기를 찾기 위해 사방을 비추기를 쉬지 않았다.

이런 집념으로 산 곳곳을 정리하고 있는데, 우리 일상에서도 치우는 게 중요하다는 생각이 언뜻 들었다. 주변 정리가 되어 있어야 집중도 할 수 있는 법이니 말이다. 그래서 여기서 말하는 '정리해야 할 곳'은 당사자가 주로 머무는 공간이다. 환경이 엉망인데, 집중하겠다는 건 말도 안 되는 소리다. 또 내가 하고 싶다고 해서 할 수 있는 게 아니다. 그만큼 어렵다는 뜻이다.

이러한 '집중'을 국어사전에서 찾아보면, '한 가지 일에 모든 힘을 쏟아부음.'이라고 정의하고 있다. 이를 재해석하면, 집중은 힘의 문제가 아니다. 해야 할 동기와 하겠다는 생각이 더해져 행동으로 나타난 결과가 집중이다. 그렇다면 집중을 못한다는 건, 집중을 위한 준비를 하지 못했다는 얘기다. 게다가 집중은 순간적으로 할 수 있는 것도 아니다. 설령, 잘하고 싶은 마음이 생기더라도 오래 유지할 수 없다.

그럼, 집중을 잘하려면 어떻게 해야 할까? 일상의 꾸준함을 지속적으로 실천해 나가야 한다. 특별한 변화 없이 반복되는 지루한 일상에 최선을 다하다 보면, '몰입'의 경지에 다다르기도 한다. 이는 '나'와 '내가 하고자 하는 일'이 하나 즉, 물아일체가 되는 상태이다. 이때는 단시간에 엄청난 성과를 만들어낸다. 그래서 많은 사람이 몰입의 힘을 기르고자 하는데, 말처럼 호락호락하지 않다. 왜냐하면 집중을 넘어 몰입에 진입하기 위해서는 스스로 선택한 고독의 시간이 필요하기 때문이다. 온종일, 평생을 쓸쓸하게 보내라는 게 아니라, 적어도 해야 할 일 또는 해내고 싶은 일을 할 때는, 철저히 주변을 차단하는 기술을 발휘하라는 의미이다. 아마 당신도 시끄러운 곳에서 아랑곳하지

내가 묻고, 산이 답하다

않고, 홀로 고요한 듯 하나에 집중하는 사람을 본 적이 있을 것이다. 바로 그런 게 몰입이다.

　몰입을 뛰어넘는 '집착'도 있다. 집착은 부정적인 의미로도 많이 쓰이지만, 목표를 달성하려면, 우리에겐 몰입 이상의 악착같이 해내려는 의지가 필요한 순간이 있다. "그렇게까지 해야 하나?"라고 반문할 수도 있다. 하지만 스티브 잡스, 빌 게이츠, 일론 머스크 등 세계적으로 내로라하는 이들은, 그들의 업적을 이루기 위해 경이로울 정도로 본인의 일에 집착했다. 그리고 그것은 모두 하고자 하는 동기에 의한 반복된 집중이 바탕이 되어주었다. 또 지속해서 쌓은 집중은 뚝배기와 같아서, 잠시 휴식기를 가져도 식지 않고, 열정적으로 달릴 수 있는 에너지의 원천이 된다.

　집중호우로 산 곳곳에 흩어진 쓰레기를 줍고 있는 내 모습이 딱 그랬다. 온 신경을 쓰레기에 집착했더니, 처음 봤을 때 보지 못했던 것들이 보였다. 그건 내가 느끼기에도 잘하고 싶다고 해서 할 수 있는 수준이 아니었다. 솔직히 열심히 하고자 하는 마음도 중요하다. 그러나 거기에 그치면, 찾을 수 있는 방법과 결과는 한계가 있다. 반면에 집착하면, 기존의 틀을 깨트려 새로운 방식이 도출됨은 물론, 기대 이상의 효과를 불러오기도 한다. 집착이 깊이 있는 과정을 만드는 덕분이다.

　집으로 돌아가는 길에도 집중해야 할 상황과 마주했다. 운전대를 잡은 지 2시간이 넘어갈 무렵 졸음이 몰려온 것이다. 그 찰나, 집중을 위해서는 체력이 뒷받침돼야 함을 깨달았다. 다시 말해, 생각과 마음만으로 집중하기는 역부족이다. 그런 의미에서, 일을 꾸준히 오랫동안 한다는 건 평소 심신을 단련했다는 얘기다. 내가 매일 같은 시간에 걷는 것도 동일한 맥락이다. 언뜻 듣기에는 건강을 챙긴다고 생각할 수 있지만, 더 큰 목적은 집중해야 할 때, 정리되지 못한 생각에 방해받지 않기 위한 '예비 집중 시간 갖기'에 있다.

그래서 집중을 잘하고 싶다면, 운동 루틴 갖기를 권한다. 버려야 얻는다는 말은 누구나 알고 있지만, 버리기 쉽지 않은 이유는, 몸은 움직이지 않고, 머리로만 버리려 해서다. 그런데 몸을 움직이면 어느 날 문득, 현재 안고 있는 문제에 대한 해결책이 떠오르곤 한다. 우리를 괴롭히는 많은 생각을 잠시 내려놓고, 말없이 움직이다 보면, 고요를 찾은 머리가 생각지 못한 깨달음을 주니까.

어수선한 것은
결정을 미루는 것에
지나지 않는다.
_바바라 헴필

Photo by 신정향

07

여유로운 선택은
후회를 부르지 않는다

이름도 예쁜 충북 괴산의 '사랑산'으로 가는 날, 그 어느 때보다 설렘이 컸다. 바로 앞의 굴암산도 정비 산행이 목적이었지만, 자연재해 이후에 하는 것과는 사뭇 느낌이 달랐기에 그렇지 않았나 한다. 또 산을 통해 받은 게 많아 산에 흠뻑 빠진 나로서는, 산에게 해줄 수 있는 게 있다는 자체만으로도 두근거린다.

　새벽 1시 52분경 주차장에 도착해 하늘을 올려다보니, 별이 빼곡하게 수 놓여 있었다. 도시에서는 좀처럼 보기 힘든 별을 산에 오를 때마다 양껏 보고 있노라면, 인간의 이기심에 지쳐 이곳에 모인 게 아닌가 하는 생각에 괜스레 씁쓸해진다. 하늘 아래의 모습을 보면서도 비슷한 마음이 든다. 등산로 입구부터 쓰레기가 널브러져 있기 때문이다. 모르긴 몰라도 가끔 다녀가는 사람들이 저지른 만행 같다. 휴지, 마스크, 비닐봉지, 맥주 캔, 담배꽁초 등 어쩜 이리도 다양하게 버리고 갔는지, 기분이 상하다 못해 화가 난다. 그렇게 생각 없이 버려진 쓰레기가 갈 곳을 잃어, 흙과 나무뿌리에 숨어들고 있는 장면을 목격하면, 아찔하다.

앞서도 말했지만, 산으로부터 받은 것에 비하면 터무니없이 작지만, 조금이라도 보답하고 싶어서 선택한 정비 산행이었다. 그런데 이렇게 행동으로 옮기기까지는 마음에서 생각으로, 생각에서 실행으로 이어지는 과정이 있었다. 아니, 모든 일상의 흐름이 이렇지 않나 한다. 결국 어떠한 선택을 하느냐에 따라 삶이 달라지는 것이다.

한편, 외부의 압력에 의해 결정하는 경우도 있다. 그런데 이 경우에는 마음과 생각에 가뭄을 가져오곤 한다. 본인 의지에 따른 선택이 아니었기에, 후회와 함께 관계의 마름을 초래한다. 결과만 좋다면야 큰 문제가 되지 않지만, 실패한다면 사람들과 어울릴 수 없게 된다.

이러한 의미에서 가정에서 부모가 자녀에게 기대하는 바를 언급하며, 지속하여 압박하는 일은, 아이의 현재를 흔들고, 자립하지 못하게 하는 행위라고 말하고 싶다. 대신, 믿고 기다려주면, 아이는 아이만의 속도로 성장한다. 당연히 직접 선택한 데에 대한 후회도 할 것이다. 하지만 그 속에서 포기하지 않는 끈기를 배울 테고, 다시 도전하면서 두려움과 부담보다는 희망을 품음으로써, 성취해 나가는 즐거움도 맛볼 것이다. 다시 말해, '만족감'은 당사자가 선택했을 때 얻을 수 있는 기쁨이지, 타인에 의한 결정에서는 만족과 불만족을 떠나, 외부의 압박과 차단에 의한 상처와 후회만 남는다.

후회와 관련해 깊은 생각에 빠져 있다가 고개를 들어보니, 막다른 곳이었다. 이런 상황이 처음은 아니다. 처음 산에 오를 때부터 숱하게 길을 잃었다. 그래도 단 한번도 후회하지 않았다. 내가 한 선택이니 누굴 탓할 수도 없었다. 그저 깔끔하게 인정하고, 다시 길을 찾는 게 가장 빠른 해결책이었다. 이 역시 선택의 기준이 내가 되어야 하는 이유였다. 누군가 내게 이리저리 길을 안내하여 잃었다면, 나는 짜증

내가 묻고, 산이 답하다

과 불평, 의심이 가득 차올랐을 것이다. 그런데 그렇게 하지 않고, 적극적으로 내가 선택함으로써 다시 바꿀 수 있는 기회가 주어졌고, 더 나은 방향으로 나아갈 수 있었다. 그 뒤에 일어나는 성장은 덤이었고 말이다.

다시 선택의 순간과 마주했다. 암릉 구간에서 로프를 잡고 오르는데, 손에 든 쓰레기 봉지가 신경 쓰였던 것이다. 살짝 고개를 들어 경사를 확인했더니, 소나무가 오르기 좋도록 가지를 뻗고 있어, 그것을 잡고 올라서서 안도의 숨을 내쉬었다. 당황하지 않고, 주변을 둘러본 여유에서 만끽할 수 있는 안정감이었다. 이렇듯 무언가를 선택해야할 때는 신중해야 한다. 또 제대로 된 정보도 필요하다. 그런데도 세상은 자꾸만 빠르게 하기를 요구한다. 그러다 보니 주변 분위기에 떠밀려 결정해 버리고, 충분한 정보를 인지하지 못한 상태에서 한 판단이기에, 결과는 좋지 않을 수밖에 없다.

또 제3자에 의한 선택의 결론이 나쁘지 않더라도, 독이 될 수 있다. 다음에도 그에게 기대게 되고, 참담한 현실을 감당해야 할 수도 있어서다. 가장 대표적인 예로, 투자를 들 수 있다. 정보를 직접 알아보거나 공부하지 않고, 누군가의 권유에 따라 한두 번 수익을 얻기라도 하면 사태는 심각해진다. 마치 자기가 잘해서 좋은 성과를 얻었다고 믿는가 하면, 중간에 예상이 빗나가더라도 "괜찮아!"를 외치며, 다시 어설픈 정보의 늪으로 걸어 들어간다. 그리고 그 끝은 처참한 후회다. 그러므로 어떤 선택이든 충분한 시간이 필요하다. 여유는 정보를 제대로 파악하게 하고, 올바른 선택을 함으로써 그 과정에서 성장하게 하며, 좋은 결실도 맺게 해주니까.

내가 산을 오르는 데도 선택이 따른다. 그 결정에 정상에 올라, 산세와 산 아래를 조망하는 맛도 한몫 단단히 한다. 사랑산은 정비에 큰 비중을 실었지만, 전망 바위에 올라 도심 생활에서 꽉 막혀 있던 가슴이 확 뚫리니, 내 선택에 흡족했다. 더불어 전망에 따라 선택을 달리한다는 생각이 언뜻 스쳤다. 경험상 그럴 때는, 이상을 넘어서는 기대를 바라면 올바른 선택에 도움 되지 않았고, 오히려 큰 손실이 예상되지 않는다면 빠르게 선택하고, 최선을 다하는 게 이득이었다.

새벽 3시. 하산하는 중에 길게 늘어진 암릉 뒤로 산세가 어스름하게 보였다. 그 주변으로 안개인지 구름인지 모를 하얀 무언가가 가득했다. '운해였으면.' 하는 마음에 그렇게 보였을 수도 있다. 그런 풍경을 바라보며, 2시간을 멍하니 무언가를 기다렸다. 일출이었다. 구름 저 멀리 붉은 여명이 비치는가 싶더니, 이내 찬란한 해가 떠올랐다. 그렇게 나는 일출과 함께 온 산을 뒤덮은 운해를 생애 처음 만났다. 기다림을 선택한 내 품에 안긴 선물이었다. 여기서 나는 선택에도 기다림이 필요함을 깨우쳤다. 원한다고 즉시 가질 수는 없으니까. 또 모든 결과가 선택한 당사자에게 있는 것도 아니지 않은가.

그런데 간혹 나이가 선택에 영향을 주기도 한다. 나이가 들어감에 선택의 폭이 좁아지곤 하는데, 이는 불안감에 의한 현상이다. 쉽게 표현해, 결과에 대한 부담감이다. 이에 따라 욕구와 욕망을 제대로 펼치지도 못한다. 그러고는 놓친 선택에 대한 후회로 초라함을 느낀다.

나에게도 그런 두려움이 있다. 아이러니하게도 매주 산에 오르면서도 두렵다. 늘 새벽 산행을 하는 탓이다. 그러나 이번 정비 산행만큼은 달랐다. 어둠에 첫발을 내디뎠지만, 내 손길이 닿는 만큼 깨끗해지는 산을 보면서, 희망과 행복의 감정이 더 컸다. 이에 선택에서 목표와 목적의 중요성이 새삼 크게 다가왔다.

세상 그 누구도 후회 없는 삶을 살지는 않을 테다. 다만 긍정적인 면에서 남다른 모습을 보여주는 이들은, 선택의 갈림길에서 계속 도전하며, 후회를 줄여나가는 노력을 할 뿐이다. 어쩌면 그런 게 위대한 인생이지 않나 싶다.

당신의 선택을 찾고,
가장 좋은 것을 고른 다음,
그것을 따라라.
_팻 라일리

Photo by

08

외롭다면
고독의 시간을 선물하라

새벽 2시. 나는 바람 한 점 없는 강원도 정선의 '민둥산'에서 고요한 어둠을 걷고 있었다. 언제나 이렇게 캄캄한 밤에 혼자 산행하는 나에게 주변 지인들이 외롭고, 무섭지 않으냐고 물어온다. 그런데 전혀 그렇지 않다. 왜냐하면 '외로움'이란, 관계에서 생긴 상처임을 알고 있어서다.

　만일 일생이 처음부터 혼자이고, 계속 혼자라면, 외로움이라는 단어는 없었을 테다. 그런데 우리는 성장하면서, 이런저런 관계 속에서 외로움을 배운다. 그 처음이 가족의 부재 혹은 첫사랑의 경험이지 않을까 한다. 전자는 닥친 현실에 의해 떨어져 지내야 한다거나 죽음을 맞이한 경우일 테고, 후자는 가족 외의 타인을 마음에 품는 날부터 설렘과 함께 시작된다. 내가 원하는 만큼 시간을 같이 보낼 수 없는 탓이다. 그 밖에도 여러 사람과 교류하면서 나만 동떨어진 느낌을 받기도 한다.

　이렇듯 외로움이라는 감정은 외부의 영향에서 출발한다. 그러나 이후에는 스스로 내면에 담아내면서 슬픔을 간직한다. 그리고 오직

외로워진 상황만을 기억하게 되면서, 그 자리를 무엇으로도 채우지 못하게 되기도 한다. 그게 사랑으로 인한 아픔일 때 더 큰 문제로 다가오는 듯하다.

이러한 상처를 다른 관계로 치유하려는 이들도 있다. 아주 나쁜 방법이라고는 할 수 없지만, 상당히 위험하기도 하다. 누군가에게 받은 마음의 생채기를 다른 누군가에게서 찾고자 하면, 올바른 관계로 이어지기 힘들어서다. 위로를 전제로 하기 때문이다. 게다가 더 큰 상처를 입을 수도 있다.

그렇다면 올바른 해답은 무엇일까? 세상에 정답은 없다지만, 새로운 관계를 맺기 전에 '감정이 이성을 흔들지 않도록 치료하는 일'이 선행되어야 함을 강조하고 싶다. 무엇보다 거기에는 상대가 없어야 한다. 독서, 운동 등으로 사람에게서 받은 고통을 반복하지 말라는 의미다.

내게는 그게 등산이었다. 그 과정에 고독이 찾아오기도 하는데, 신기하게도 나는 그 시간을 즐긴다. 아직 잠에서 깨지 않은 산에서, 홀로 폭포의 물줄기를 바라보는 순간에 특히 그렇다. 이유가 뭘까? 답은 명확하다. 외로움은 타의로 인해, 고독은 자의에 의해 일어나는 기분이어서다. 그러니 고독의 시기에 외로워 보이기도 하고, 실제로 외롭기도 하지만, 그것을 체감하지 못할 때가 더 많다. 스스로 혼자가 되어 무언가 이루어가는 과정을 보내고 있어서 그렇지 않을까 한다. 놀랍게도 이를 통해 많은 사람이 성장한다. 그래서 성장을 갈망하는 사람들은, 종종 '고독'을 갖기로 결정한다.

솔직히 관계에서의 배움은 발전하는 데 한계가 있다. 반면, 고독을 선택했을 때는 다른 이들과의 교류는 사라지지만, 본인 내면과 하는 대화가 선물로 주어진다. 내가 선물이라고 한 이유가 있다. 성장이 목적인 사람들에게는 그것이 외로움을 느낄 새 없는 황금 같은 시간이어서다. 이따금 외로움이 몰려와도, 금세 쫓아내고 해야 할 일에 몰두한다. 그 어느 때보다 가장 귀한 순간을 낭비하고 싶지 않아서다.

새벽녘, 내가 정상에 발을 디디고 있는 찰나를 한껏 음미할 때도 마찬가지다. 그곳 바람이 꽤 차가워 감기에 걸리지나 않을까 염려스러우면서도, 들고 간 플래시 사이로 그 바람에 흩날리는 운무가 일품이라, 그 사이에서 고독에 빠진다. 잠시 후면, 일출을 보러오는 사람들로 붐빌 것이기에. 아니나 다를까, 30분 사이 삼삼오오 무리 지은 등산객의 발걸음이 이어져, 하산해야 했다. 그들을 보며 쓸쓸해질 수도 있었지만, 더는 그렇지 않다. 혼자를 선택한 이유가 분명하기에.

그렇게 뒤돌아 내려오며, 새벽과 다른 풍경을 본다. 계곡에서 흐른 물이 고인 웅덩이 색깔은 곳곳이 다르다. 나무가 빛을 가리면 초록색, 가림이 없으면 검은색이다. 고독은 이처럼 같은 듯 다른 나와 마주하게 한다.

세상에 떠밀려 혼자가 되면 외롭지만, 자신이 밀어내 혼자가 되면 외롭지 않다. 그게 고독이다. 그리고 고독은 세상으로부터 독립하여 나만의 미래를 그려나가고, 그 목표를 향한 실행을 하게 함으로써, 성장이라는 달콤한 열매를 맛보게 한다. 또 혼자에 익숙한 사람은 단체 생활에 불편함을 느낀다고 볼 수 있지만, 오히려 타인에 대한 배려가 깊다. 내면과 대화를 하면서 자신이 틀릴 수 있다는 인지를 하고 있으니 가능한 모습이다. 그러므로 고독은 나를 위해서도, 상대를

위해서도 꼭 필요한 훈련이다. 이 진리를 깨달은 게 이번 산행에서
얻은 가장 큰 수확이었다.

고독은 견디는 게 아니라
누리는 것이다.

아르투어 쇼펜하우어

09

감정에 지배당할 것인가?
다스릴 것인가?

새벽 2시 20분, 전북 진안의 '운장산' 주차장에 도착했다. 이번 역시 정비 산행이 목적이었다. 쓰레기도 쓰레기지만, 태풍으로 인해 등산로 여기저기에 널브러진 나뭇가지를 치우는 게 핵심이었다.

등산객들이 불편하지 않도록, 하나하나 길 옆으로 치우면서 조용한 산길을 걸어 올라가는데, 기뻤다. 수차례 이야기했지만, 여러 산에서 많은 선물을 받은 나로서는 그 순간마저 행복했던 것이다. 또 나의 작디작은 손길로, 내게 고맙기 그지없는 산을 찾는 이들에게 조금 더 정돈된 모습으로 보여줄 생각에 설렜던 듯도 하다. 이런 묘한 감정은 말로 다 표현할 수는 없지만, 긍정과 감사임은 틀림없었다.

그러나 일상에서의 '감정'은 절제해야 하는 대상임에 분명하다. 한마디로 부정의 느낌이 강한 단어다. 주체하지 못한 감정에 다치면 숱한 미움을 낳고, 그것을 버리지 못하면 긴 시간 괴로움에 시달리기 때문이다. 더욱이 감정이라는 녀석은, 본인은 물론 타인도 힘들게 한다. 그와 관련한 정보, 도서, 프로그램이 넘쳐나는 이유도 감정을 다스리지 못하고, 그것에 지배되는 사람이 많아서다.

한편, 감정에 지배당한 사람을 자세히 살펴보면, 흐름이 보인다. 즉, 감정에 휘둘리는 상황을 미리 감지할 수 있고, 대비할 수 있다는 뜻이다. 이를 가능하게 하려면, 어떤 상황, 어떤 말에 감정이 흔들리는지부터 파악해야 한다. 이런 훈련은 반드시 해야 한다. 왜냐하면 누군가의 감정에 상처를 입거나 감정 조절에 실패하면, 길게 늘어진 출렁이는 다리 위를 걷듯 위태로운 상태에 직면하기 때문이다.

더욱이 이 같은 '감정 다리'는 스스로 걸어가다가 떨어지는 비중이 크다. 여기서 다리는, 일정한 사람과 환경을 의미한다. 예를 들어, 회사에서 상사 또는 동료와의 대화, 그곳의 환경에서 일어나는 특정 상황에 의한 감정의 소용돌이가 그 외의 조건일 때보다 많이 생긴다는 소리다. 그래서 일정한 패턴을 갖는 감정은 먼저 알아차리는 게 중요하다. 흔들리는 감정에도 유연해질 수 있어서다.

가장 좋은 건, 나를 힘들게 하는 곳으로부터 벗어나는 일일 테다. 그러나 매번 그렇게 하기에는 한계가 있으므로, 상대방의 말이나 행동, 환경에서 피할 수 없는 상황을 예측해 두어야 한다. 그리고 예상했던 장면과 맞닥뜨리면, 감정이 아닌 이성으로 해결해 나가는 노력을 해본다. 그 과정에서 일상의 감정 조절을 익히면, 예상하지 못한 감정 상처에 다치지 않는 나만의 보호막을 만들 수 있게 된다. 이처럼 나의 감정을 온전히 지킬 수 있는 방법은, 외부에서 발생하는 감정 공격에 흔들리지 않겠다는 다짐으로, 실제로 그런 일이 발생했을 때 올바른 판단을 하는 연습이 전부다.

물론, 뜻밖의 상황에서도 감정이 소모되기도 한다. 내 키보다 두 배는 족히 커 보이는 나무가 쓰러져 길을 막고 있어, 치우려다가 그대로 미끄러져 다리에 상처가 난 것처럼. 정말 뜻밖의 사고(?)였다. 하지만 나는 안다. 한 손에 쓰레기 봉지를 들고 있다는 이유로 다른 한 손으로 옮기려다가, 나무 무게와 아직 마르지 않은 길에서 넘어진 건, 일어날 법한 일에 조심스럽게 행동하지 못한 탓이란 걸 말이다. 허나, 미리 인지했더라면, 다치더라도 덜 아프고, 덜 기분 상하고, 덜 후회할 수 있다. 넘어지며 부딪힌 정강이와 무릎, 골반에서 피가 흘렀다. 그걸 보며, 앞으로는 상비약을 챙겨와야겠다 싶었다. 덩달아 감정 상처에 대한 대비의 필요성이 한번 더 떠올랐다.

그런데 감정 조절은, 생각보다 뒤끝이 참 길다. 또 성공과 실패가 반복되기도 한다. 폭풍이 가고, 일렁이던 파도가 잔잔해지면, 참고 참으려 노력한 감정을 건드렸던 순간에, 담아둔 온갖 부정이 모래 위로 밀려와, 금방 치워지지 않는 쓰레기처럼 머리와 마음에서 떠나지 않고, 괴롭혀서다. 준비하고, 이해하고, 넘어가는 것으로 끝나지 않는 게 현실이다. 그리하여 잠깐 동안은 감정이 괜찮을지라도, 자꾸만 'Why?'를 되뇌게 한다.

이때 필요한 것이 머리와 마음이 아닌 몸이다. 생각과 마음을 머리와 가슴으로 해결하려고 하는 것은 밑 빠진 독에 물 붓기와 같아서, 해결은커녕 힘만 빠진다. 대신 걷고, 뛰기를 반복하면서 상한 마음의 독이 땀으로 자연스럽게 빠지게 해야 한다. 당연히 몸을 움직인다고 바로 이해되고, 용서되고, 잊히는 건 아니다. 처음엔 감정 해소에 집중하겠지만, 어느 순간 생각 없이 걷고, 뛰는 자신을 보게 된다. 그때가 부정의 감정과 해소하려는 감정이 협의해, 방법을 찾게 하거나 나의 마음을 이해하면서 깊이가 달라지는 순간의 시작이다. 그리고 "그래, 괜찮아. 그럴 수 있어."라고 스스로 도닥이며, 감정에서 자유로워진 나와 마주하게 된다. 그렇게 찾아온 마음의 평화는, 마술처럼 동일한 상황에서도 감정에 연연해하지 않는 나를 만든다.

경사에 바위를 오르다 미끄러져 넘어졌지만, 팔로 간신히 로프를 잡아 아래로 떨어지지 않았다. 팔목과 골반에 통증은 있었지만, 짜증은 나지 않았다. 오르기 전에 내린 비가 바위에 흐르는 것을 보았고, 미끄러질 수도 있겠다고 예상한 덕분이다. 이런 '그럴 수도 있다.'라는 생각이 주는 긍정의 효과가 다가올 부정적인 감정을 통제한다.

다시 얘기하지만, 삶에서, 관계에서, 환경에서 무방비한 상태로 급습 당하면, 감정에 지배당한다. 그러니 언제든 내 생각, 내 마음과 상황이 다를 수 있음을 이해하고, 그럴 수 있다는 열린 마음으로 준비해야, 감정 지배에서 벗어나 감정으로부터 자유로울 수 있다.

감정에 충실하게 행동하면,
모든 것이 광기로 흐르기 쉽다.
_발타자르 그라시안

10

가식과 배려를 구분하라

광복절이 다가오자 문득 이런 생각이 들었다. 우리가 광복을 맞이할 수 있었던 것은 조상들이 몸을 숨겨 싸우고, 버틸 수 있도록 지켜준 산이 있었던 덕분이라고. 이에 나는 경북 문경의 '도장산'에 가기로 했다.

의미 있는 날, 이곳을 택한 이유가 있다. 도장산에는 원효대사가 창건한 '심원사'라는 절이 있는데, 임진왜란 때 힘써 싸우다가 일본에 포로로 끌려간 이들을 데려온 사람이 바로 여기 주지 연일 스님과 통도사 승려 유정이다. 이에 한 걸음, 한 걸음 내디딜 때마다 감사함이 스며들어 뭉클했다.

이런 감격스러운 내 마음과는 달리, 등산로 입구부터 엄청난 양의 쓰레기가 널려 있었다. 그것을 주울 때, 그 광경을 만든 그들의 양심까지 주울 수 있으면 좋겠지만, 내 욕심이란 걸 안다. 그래도 언젠가는 좋은 계기로 타인과 자연을 위해 양심을 지키며, 배려가 배인 삶을 살았으면 한다.

사실, 우리에게 선물처럼 주어진 환경을 깨끗하게 지키고자 하는 세상의 변화는, 혼자서는 힘들다. 이에 나는 이와 관련한 실천으로, SNS 운영과 책을 출간하여 자연의 소중함과 고마움을 알리고 있다. 누가 알아주지 않는다고 해서 외롭거나 힘들지도 않고, 내 행동과 글에 가식일 필요가 없어 스트레스도 없다.

잠시 '배려'라는 단어를 사용했다. 이를 국어사전에서 찾아보면, '타인을 돕고, 보살펴 마음을 쓴다.'라고 정의하고 있다. 여기에는 상대를 향한 존중의 메시지도 담겨 있다. 설명을 곁들이자면, 모르는 사람을 한 번 도와주는 건, 선행이지 배려가 아니다. 반면, 배려는 자주 만나는 사람들에게 대하는 태도로, 더 좋은 관계로 이어질 수 있게 해준다. 또 배려는 감사를 낳아 다시 배려로 돌아온다. 쉽게 말해, '배려 순환'이 일어난다. 이런 배려는 자기 삶과 자신을 사랑하는 자존감에서 출발하며, 관계에서 오는 상처를 예방하는 역할을 해준다.

그러나 배려에 있어서 기대가 있어서는 안 된다. 오르며 주운 쓰레기가 가득해 평소보다 체력 소모가 컸고, 봉우리와 봉우리가 연결된 산세로 인해 오르내리기를 반복해야 했다. 몇 번을 반복해도 익숙해지지 않은 상태에서, 이번이 마지막이겠거니 하며 기대한 탓에 다시 마주한 봉우리 앞에서 실망한 것처럼, 배려하면서 기대를 하면, 실망이 따라온다. '내가 이렇게 했으니 그렇게 해주겠지?'라는 생각을 하지 말란 소리다. 게다가 그건 진정한 배려도 아닐뿐더러 관계를 깨트리기 십상이다.

나를 위한 배려는, 욕심을 위장한 '가식'에 지나지 않는다. 그리고 가식은 다른 이의 눈에 보이기 마련이다. 당장에는 모르겠지만, 가식이라는 가면 뒤에 가려졌던 본래의 모습이 드러나면, 관계가 깨질 수밖에 없다. 형식적으로 인연을 맺어 와서 그렇다. 그러므로 기억해야 한다. 배려는 가는 것에서 오는 것을 바라지 않을 때, 본질을 찾을 수 있음을. 하나를 주었으니 하나를 받을 거라는 생각은 '가면 장사꾼'임을.

그런데 이런 가면 장사꾼이 의외로 많다. 간혹 친절했던 사람이 벌컥 화를 내는 경우가 있다. 이유는 하나다. 본인이 주었던 만큼, 이해했던 만큼 돌려받지 못해서다. 그러면서도 스스로 배려한다고 착각한다. 그저 받기 위해 먼저 주는 척하면서 말이다. 이에 따라 천사와 악마가 들락날락해 이랬다가 저랬다가 하는 모습을 보일 수밖에 없다. 당연히 주변에 사람이 오래 머물지도 못한다. 변덕스러움을 이해해 줄 사람은 그리 많지 않기 때문이다. 더 큰 문제는, 본인이 전부를 내주었는데도 사람들이 그것을 몰라준다며, 상처받았다고 하는 데 있다.

하산 막바지에 계곡 물소리가 크게 들려, 그쪽으로 발길을 옮겼다. 그렇게 마주한 쌍룡폭포의 비경에 입을 다물지 못했다. 폭포 아래로 흘러내린 물이 쉬어가는 웅덩이는 모래알까지 보일 정도로 맑았다. 아직 사람의 발길이 많이 닿지 않아서인지 말 그대로 청량했다. 그걸 보자마자 신발과 양말을 벗어 뜨겁게 달구어진 발을 식히고, 세수를 했다. 맑디맑은 시원한 물에 피부가 닿자, 산행에 지친 몸이 금세 산행 전 컨디션으로 돌아가는 듯했다. 그 덕에 한결 가벼운 몸으로 내려올 수 있었다. 그뿐만 아니라 올라갈 때보다 깨끗해진 길에 뿌듯해져, 기분까지 상쾌했다.

배려도 마찬가지다. 시작은 타인을 위해서일지는 몰라도, 베푸는 당사자가 더 큰 행복을 느끼곤 한다. 이러한 관점에서 배려는, 자신에게 주는 선물과도 같은 '자기애'라고 볼 수 있다.

다른 이를 항상 배려하는 습관은
당신에게 더 큰 행복을 가져다 줄 것이다.
_그런빌 콜레이저

Photo by Mullyang

11

관심과 의무의 뚜렷한 구분으로
성숙한 관계를 맺으라

새벽 3시. 전북 부안의 '내변산'에 올랐다. 첫 산행의 목적은 건강 관리였지만, 이제는 자연에 대한 감사와 사랑에 의한 당연한 발걸음이 되었다. 그래서 산에 오를 때마다 사랑을 주고받는 느낌이다. 한마디로 나의 산을 향한 관심만으로도 좋은 관계를 유지하고 있다.

　그러나 사람과 사람 사이의 사랑에서는 그렇지가 않다. 관심의 정도에 따라 관계가 달라지기 때문이다. 예를 들어, 한없는 관심은 사사건건 간섭하여 상대방을 지치게 한다. 대표적으로 부모와 자녀 사이를 들 수 있다. 아이 스스로 본인의 삶을 선택하는 힘을 기를 수 있도록 이해하고, 인정하고, 기다리는 순간도 필요한데, 사랑이라는 이름으로 훈계하는 경우가 그렇다.

　이렇게 '관심'이 '의무'가 되는 상황은, 가족에게서 흔히 발생한다. 해야 하거나 해서는 안 될 일을 정해두고, 거기서 조금만 벗어나면, 화를 내거나 다툼을 유발한다. 마치 축구 경기에서 호루라기를 들고 지켜보다가, 흰 선 밖으로 공이 나가거나 반칙하면, '삐-' 하고 휘슬을 불며 뛰어가는 심판처럼.

내가 묻고, 산이 답하다

하지만 관계는 정해진 규칙이 있는 스포츠 게임이 아니다. 그런데 왜 이런 불편한 순간과 마주하게 되는 걸까? 바로 관심과 의무를 명확하게 구분하지 못해서다. 그로 인해 내가 정해둔 룰에 의무감을 입혀, 그것을 애정 어린 관심이라 여기며, 상대방을 괴롭히게 된다. 당하는 사람은 참견으로 받아들이는데, 정작 본인은 사랑에 의한 당연한 표현이라 믿는 것이다.

관심의 대상이 업무가 되면 어떨까? 이때는 보통 스스로 주최가 되거나 주도적으로 일하게 된다. 주최라고 해서 사장 또는 관리자에게 해당하는 사항이 아니다. 자기가 회사에 필요한 사람이고, 맡은 일이 도움 된다고 판단하면, 누가 시키지 않아도 더 나은 방향을 고민하고, 즉시 행동하는 '주도적 긍정'을 발휘하는 사람 모두에게서 볼 수 있는 모습이다. 이로써 그들에게는 성장에 대한 즐거움과 설렘이 전해진다.

가령, 한 음식점의 대표와 직원이 쾌적한 공간을 만들기 위해 노력하고, 밝은 미소로 손님을 맞이한다고 해보자. 이런 매장이 잘 안될 확률은 현저히 낮고, 이에 따라 그 시간을 함께한 종업원의 월급이 오른다. 한마디로 '자동 반사적 성장'이 이루어진다. 반대로 맛이 아무리 뛰어난 식당도, 청결하지 않거나 불친절하면, 오래 가지 못한다.

이렇듯 즐기지 못하면, 나아지는 건 없다. 모든 일이 그렇다. 같은 조건이 주어지더라도 누군가는 자기에게 주어진 의무만 감당하려고 하고, 누군가는 관심을 갖고, '관찰'하면서 성장이라는 '관철'을 끌어낸다.

그렇다면 이런 태도는 어떻게 길러낼 수 있을까? 아니, 성인인 나는 둘째라 하더라도, 자녀에게 이런 자세를 무엇으로 알려주면 좋을까? 이와 관련해 나는 자녀에게 지나친 관심을 기울이기 전에, 악기 연주를 떠올리라고 말해주고 싶다.

어떤 악기든 아름다운 소리를 내려면, 마음을 차분히 하고, 자세를 바로 해서, 온몸을 불편하게 만들어야 한다. 마찬가지로 자녀에게 하고 싶은 말이 있다면, 메시지의 본질을 다정하게 전달할 방법을 고민한 뒤에, 침착하게 이야기할 수 있도록 감정을 절제하는 연습이 필요하다. 부모는 연주자, 자녀는 청중임을 명심하고 말이다. 그래야 부드러운 선율의 목소리로 청중인 자녀의 마음을 빼앗는 기술을 터득해나갈 수 있다. 그 과정에서 부모와 자녀 관계는 좋아질 수밖에 없다. 덩달아 관심과 의무의 선을 지킬 수도 있다. 물론, 어떤 악기를 선택하느냐에 따라서 결과가 달라진다. 만약 록 기타를 골라 쉼 없이 줄을 튕긴다면, 사이가 멀어지는 건 시간문제일 테다. 이는 여기저기에서 어미 새와 아기 새가 조화롭게 들려주는 멜로디에서 얻은 해답이다.

한편, 산행에 있어서는 의무감이라도 장착된 상태에서 진행해야 함을, 등산길에 버려진 담배꽁초를 볼 때마다 느낀다. 어떻게 산에서 담배를 피울 수 있나 싶어 화가 치밀어 오르기도 하는데, 20년 전 워크숍으로 등산했던 기억을 떠올리면, 이해되는 부분도 있다. 나는 그 당시 왜 걷고 있는지 알 수 없어서 짜증만 내다가 돌아왔고, 일주일 동안 다리가 아파 불평불만을 토로했다. 모두 왜 해야 하는지 몰라서 즉, 의무감의 부재로 인해 생겨난 감정이었다. 의무란, 마땅히 해야할 일 또는 맡은 직분인데, 그 시기에 내게는 산을 오를 이유도, 직분에서 올라야 할 이유도 없었던 것이다. 순전히 관계에 있어서 불편한 일을 만들고 싶지 않아 따랐을 뿐이었다.

나의 경험에서도 알 수 있듯 의무감은 '당연함'을 연상하게 한다.

내가 묻고, 산이 답하다

최소한의 예의를 지키는 장면 말이다. 이는 반드시 지켜야 하는 사회적 배려와도 같아서, 지켜지지 않을 때 관계가 깨지기도 하고, 주변의 질타를 받게 되기도 한다. 그래서인지 '무료함'이 느껴지기도 한다. 쳇바퀴 굴러가는 듯한 일상에서 의무감의 의미를 잃기도 하기 때문이다. 이 상태는 성장 동력을 잃고, 무언가에 도전을 하는 것조차 부담감으로 다가와, 소중한 시간을 흘려보낼 때 주로 나타난다.

이런 매너리즘에 빠지지 않으려면, '배움'이 필요하다. 누구나 진정한 공부를 하게 되면, 의무가 감사가 되고, 감사는 따스한 관심으로 진화한다. 다시 말해, 삶의 의미가 사라지는 이유는, 자기도 모르는 사이 배움을 멈추기 때문이다. 그러니 나를 위한다는 의무감으로 배움을 멀리 하지 말고, 그를 바탕으로 주변에도 관심을 두어, 원활한 관계를 이어나가길 바란다.

다른 사람에 대한
정직하고도 진실한 관심만이
당신에게 가장 강력한
설득력이 될 것이다.
_디오도어 루빈

12

**인식에서 벗어나야
인지하는 주도적 삶이 온다**

이번에 선정한 곳은 경남 창원의 '장복산'이다. 이날, 감기로 컨디션이 좋지 않았음에도, 나와의 약속을 지키기 위해 떠났다. 치열하게 살았고, 지금도 그렇게 살고 있는 내가 유일하게 숨을 고르며, 쉬어 갈 수 있는 평온한 시간이 산을 오를 때라서 더더욱 미룰 수 없다. 더욱이 쓰레기를 줍지만, 삶의 문제와 상처도 함께 줍는 듯해 멈추고 싶지도 않다. 특히, 쓰레기를 주우려고 몸을 숙일 때만큼은 모자람투성이인 사회에서의 모습이 아닌, 나 자신을 낮추고, 돌아보는, 어디에도 없는 참회자가 되는 것만 같아서 새로운 사람이 된 기분이다.

　언제나처럼 어둠 속으로 걸어 들어갔다. 장마로 쉴 새 없이 떨어지는 빗방울에 시야가 좁아진 데다가, 땅만 보고 걷다 보니 등산로에서 자주 이탈했다. 1시간을 그렇게 이 산 저 산을 오르락내리락했다. 예전 같았으면 짜증이 치밀어 올랐겠지만, 이제는 그 녀석이 슬며시 고개를 든다 싶으면, 차분히 내려보낸다. 또 이런 상황이 주어질 때마다, 일상에서의 감정도 통제할 수 있는 힘을 기르는 순간이라고 받아들이는 믿음도 생겼다. 그 덕분에 길 잃음도 감사하게 된다.

이 생각도 잠시, 내리는 비 때문인지 발을 디딘 나무가 내려앉아 넘어질 뻔했다. 다행히 옆의 나무를 잡아 간신히 버텼지만, 계단 아래로 굴러떨어지기 일보 직전이었다. 여태껏 계단은 안전하다고 생각했던지라 심장이 터질 듯 몹시 당황했다.

이런 내 모습에 '인식'에 대한 사색이 시작되었다. 인식이란, 분별하고, 판단함으로써 알아가는 일이다. 즉, 판단의 기초인 동시에 전부다. 하지만 그 결론이 모두 옳은 건 아니다. 내가 계단을 무섭다고 느낀 적은 있어도, 위험하다고 생각해 본 적이 없어서 큰 사고로 이어질 위기와 마주했던 것처럼.

여기서 나는 인식의 기준에 형태가 있어서 눈에 보이는 것과 형태 없이 상상으로 만들어진 것 2가지 유형이 있음을 깨달았다. 이 가운데 전자는 큰 실수를 피할 수는 있으나, 후자는 그게 아닐 수 있다. 상상이 자신의 감정 상태, 처한 상황, 주어진 환경으로 유추해 만들어진 '단독적인 사고의 틀'이기 때문이다. 예를 들어, 상사가 호출하면, 사고의 틀이 긍정적인 사람은 '특별한 일을 주려고 하나?'라고 생각하겠지만, 그 반대의 경우에는 '내가 뭘 잘못했나?'부터 온갖 걱정이 꼬리에 꼬리를 문다. 그런데 신기하게도 긍정의 회로를 돌린 사람은 긍정, 부정의 회로를 돌린 사람은 부정의 결과를 얻는다. 다시 말해, 인식은 판단에서 그치지 않고, 상황으로 이어진다. 이는 지금까지 축적되어 온 '행동'에서 비롯한다. 그러므로 현재 일어난 일을 어떻게 인식하여 판단하고, 어떤 행동으로 미래를 변화시켜 나갈 것인지 고려해야 한다.

인식과 비슷한 어떠한 사실을 인정하여 알게 된다는 뜻을 가진 '인지'라는 단어도 있다. 쉬운 전달을 위해 부연 설명을 하자면, 이번 산행에서 이어지는 암릉 옆으로 산불과 낙석을 주의하라는 플래카드가 부착되어 있는 것을 볼 수 있었다. 세월 탓인지, 관리 탓인지, 찢어지고, 색이 다 바래서 잘 보이지 않았지만, 캄캄한 어둠 속에서 위험한 구간임을 알게 해주었고, 조심하게 되면서, 고마움이 불쑥 올라왔다. 이것이 인지다. 동시에 만일 다음 생이 주어진다면, 국립공원 관리자가 되고 싶다는 마음이 들었다. 자연과 늘 함께이고 싶고, 그런 자연을 찾는 사람들을 위해서라면 즐겁게 일할 수 있을 듯해서이지 않을까 하는데, 이건 인식에 가깝다고 본다.

한편, 나는 정상에 올라 또 한번 나의 인식이 깨어졌다. 다름 아니라, 지금까지 정상은 산과 산이 이어진 풍경이라고 여겼는데, 화려한 도시의 야경이 한눈에 들어온 것이다. 바로 위에서도 언급했지만, 이렇듯 인식은 쌓인 경험에 의한 판단을 확신하게 되면서 착오를 일으킨다. 이때 필요한 것이 '인정'이다. 무조건적인 인정을 하라는 게 아니다. 그저 누구나 다른 생각을 가질 수 있고, 내 생각이 틀릴 수도 있다고 수용하라는 의미다. 이는 살아온 환경과 문화에 근거한 사고의 틀을 유연하게 해줄 뿐만 아니라, 습관처럼 했던 의식적 행동을 멈출 수도 있게 해준다. 이것이 중요한 이유는 오랜 시간 유지해 온 의식은 무의식이 되고, 무의식은 내일에 대한 기대 없이 하루하루를 보내게 되기 때문이다. 그리고 타인의 시선을 신경 쓰면서, 눈치 보는 삶을 살게 된다. 이에 따라 우리는 의식이 무의식이 되지 않도록 아침에 눈을 떴을 때, 오늘을 빛나게 채우고자 하는 의지로 출발해야 한다.

하산하다 보니, 정상적으로 올랐어야 했던 '365계단'이 보여 그쪽으로 걸음을 옮겼다. 길을 잃고 헤맨 탓에 시간이 더 걸렸지만, 만족한 산행이었다. 산에서 내려와 포장도로에 도착한 시간은 새벽 5시. 아직 해가 뜨지 않았다. 내게 감사, 배움, 깨달음을 주었던 산을 청

내가 묻고, 산이 답하다

소하여, 곧 오르게 될 등산객들을 즐겁고, 행복하게 함에 따라, 산과 자연이 더 많은 사랑을 받게 되는 것이 내 목표다. 그런데 가장 멀리 왔기에 아쉬움도 크고, 아직 이른 시간이라 근처 산을 검색해 보니, 15km 떨어진 곳에 '비음산'이 있어 이동했다.

하루에 두 번 산을 오르는 것은 처음이었다. 그리고 언제나 그랬듯 산은 내가 이해했던 것과 달랐다. 높지 않아 가뿐히 오를 수 있으리라 예상했지만, 큰 오산이었다. 앞 일정의 장복산에서 에너지 소모를 하고 왔기에, 숨이 가파르게 차올랐다. 역시 쉬운 산은 없고, 높이로 산을 판단해서는 안 된다는 또 하나의 교훈을 얻었다. 그야말로, 인식에 대한 문제를 체험으로 각인시킨 것이다.

정리하자면, 인식은 예상했던 예측, 인지는 경험적 사실이다. 이러한 이유로 인식보다 인지로 대처할 때의 오류가 적다. 물론 모든 일을 경험해 볼 수 없으니, 모든 것을 인지할 수도 없다. 그 간극을 줄이는 방법으로 독서를 권한다. 활자를 통해 간접 경험을 할 수 있고, 그것이 쌓이면, 올바른 판단에도 도움을 준다는 사실은 누구나 안다. 다만, 실천하지 않을 뿐. 혹, 인식에서 벗어나 인지하는 일상으로 가꾸어 가고 싶다면, 책과 친해지길 바란다. 반드시 당신의 인지 사고력을 넓혀줄 것이다.

우리는 인식하는 대로
보고, 듣는다.
_무명

13

삶에 스며든 편함은
많은 것을 잃게 한다

전남 담양의 '병풍산'과 '삼인산'을 연달아 방문했다. 지난 1일 2산의 경험이 매주 한 번의 정비 산행에 대한 갈증을 해소해 주어서, 체력이 허락하는 한 2개의 산을 오르기로 다짐했던 것이다.

한편, 나는 등산로 찾는 시간이 가장 긴장된다. 이런 내 마음과는 달리, 입구에서 조금 더 들어가니 계단이 밟히고, 정돈되지 않은 흙과 돌로 이루어진 길이 나타나, 도심의 콘크리트에서 느끼지 못했던 편안함이 전해졌다. 얼마 지나지 않아 끝이 보이지 않는 계단과 마주했지만, 힘들겠다는 생각보다 제대로 가고 있다는 안도감이 더 크게 다가왔다. 이 계단처럼 필요한 이유가 분명할 때, 편리함은 그 본질의 힘과 영향력이 커진다.

우리가 사용 중인 대부분의 도구도, 문명이 시작되면서 생겨난 결과물이고, 그에 따라 인간은 점차 편리해졌다. 이 흐름에 따라 휴대폰 하나만으로도, 많은 것을 할 수 있는 시대가 되었다. 그런데도 사람들은 여전히 만족하기보다는 점점 더 획기적이고, 빠른 것을 원한다. 이에 따라 세상은 몇 초 사이를 두고, '편리'와 '불편'을 오가고 있다. 편리함을 추앙해, 미세한 불편을 찾아 거추장스럽게 여기는 형국인 셈이다.

물론, 더 나은 삶을 위해 필요한 부분이기도 하지만, 기존의 것이 별다른 이유 없이 불편해지는 데에는 고민해 봐야 할 문제라고 본다. 왜냐하면 필요에 의해 만들었음에도, 또 다른 편의에 의해 버려지고, 사라지는 것이 무섭기 때문이다.

비단 사물만을 두고 하는 말이 아니다. 사람과 사람 사이에서도 편리를 추구하는 시대다. 조금만 불편한 감정이 들어도 "보기 싫다."고 한다. 그들을 볼 때마다, 관계에 진심이 사라지고, 편함이 그 공간을 비집고 들어온 게 아닌가 싶기도 하다. 당연히 편하면 좋다. 다만, 편함에 익숙해져 생기는 소소한 감정 변화나 사소한 의견 대립으로 깨지는 관계를 보게 되면, 편리와 편함의 이면에 존재하는 이해가 사라진 세상이 된 듯해 씁쓸하다.

오르는 길에 주운 쓰레기가 들고 간 봉지에 가득 찼다. 과자 봉지, 캔, 페트병 등 종류도 제각각이다. 모두 본인 편하자고 버린 것일 테다. 그야말로 이기주의의 민낯이다. 버려진 쓰레기 중에는 일회용기가 제법 많은데, 인간의 귀찮음이 만든 비극이다. 다시 사용해도 될 것을, 굳이 불편함을 찾아내어 일회용으로 바꾸어, 이렇게 자연을 못 살게 굴고 있으니 말이다. 이미 인간이 만들어낸 생활을 편리하게 해 주는 용품들로 인해 생태계가 파괴되고 있음을 각종 매체에서 듣고 있으니, 나만의 주장이 아님을 당신도 잘 알 것이다. 한마디로 편리와 편함을 향한 우리의 과한 욕망이, 우리가 사는 세상을 위기로 몰아넣고 있다. 이는 아직 해가 뜨지 않은 산의 정상에서도 피부로 느낀다. 달과 별, 그 아래로 세상을 비추는 수많은 불빛. 무언가를 비춘다는 역할은 같지만, 자연의 비춤이 훨씬 아름답다. 아마도 과하지 않아서 일 테다.

편리함으로 잃게 되는 게 자연만이 아니다. 편의를 위해 늘어나는 기구와 음식 등은 삶 여기저기 깊숙한 곳까지 들어와 건강을 파괴한다. 또 땀을 분출해 건강을 유지하기보다 빠르고, 간편한 제품을 찾아 먹는데, 정상적인 분해가 가능한지 의문이다. 게다가 성공한 사람이 있는지, 있다면 지속 가능한지도 알 수 없다.

솔직히 편리함과 편함을 포기하는 게 쉽지는 않다. 하지만 건강에 있어서는 멀리해야 한다. 무조건 불편해지라는 소리는 아니다. 편리와 편함을 구분한 습관을 지니라는 얘기다. 도구를 활용해 편리하게 움직일 수는 있으나, 집 밖을 나가지 않고, 자꾸만 소파에 기대거나, 이불 속으로 들어가 편하게 있으려고 하면, 온갖 질병이 찾아올 것이다. 나는 편리함과도 거리를 두라고 말하는 편이다. 운동화 끈만 조이고 나가도, 다양한 운동 기구가 준비된 피트니스센터에 갈 필요도 없으므로. 내가 등산만으로도 몸과 마음의 건강을 챙기듯.

두 번째 오른 삼인산 정상에 도착했다. 곧 해가 떠오르려는지 붉은 여명이 비치는가 싶더니, 산 아래 세상도 하나둘, 스위치를 켜기 시작했다. 하지만 어딘가 모르게 아쉬웠다. 나무에 조망이 가려 시야가 답답했던 것이다. 그렇게 돌아가야 하나 싶던 찰나, 날이 살짝 밝아진 덕분에 탁 트인 공간을 발견했다. 그리고 여태껏 본 일출 중에 가장 큰 태양과 마주했다. 그것도 정상에 미치지 못한 곳에서. 100% 높은 곳이 잘 보인다, 해발 570m의 낮은 산이라 멋진 일출을 볼 수 없으리라 예상했던 나의 고정관념이 산산이 부서지는 순간이었다. 산은 이렇게 생각지도 못한 곳에서 깨달음을 준다. 그래도 크기로, 높낮이로 세상을 대하는 나의 모자람을 반성하는 의미 있는 시간을 가질 수 있음에 고마웠다. 덩달아 잊지 못할 일출을 마주한 곳이, 급경사의 바위 위여서 줄곧 편리와 편함에 대해 나만의 정의를 내리며 올라간 끝에, 불편함으로 큰 행복과 감동을 얻었으니 신기하기만 했다.

삶에서도 마찬가지다. 행복을 얻거나 성장하려면, 편함보다 불편함이 수반되어야 한다. 불편하다는 건 지금까지와 다른 무언가를 한다는 뜻이고, 그것이 더욱 성숙한 나를 만들어 주니까. 그렇다고 모든 불편이 행복과 성장을 가져다주는 건 아니다. 불편함을 긍정의 연료로 사용할 때 좋은 성과를 일으킨다. 불편함을 인상 쓰고, 불평불만을 쏟아내며 다룰 게 아니라, 즐겁게 받아들여 적극적이고, 진취적으로 대해야 한다는 뜻이다. 그 차이는 결과의 질에서 나타난다.

이 진리를 알면서도, 조금 더 편한 길로 내려오려다가 길을 잃고, 40여 분 동안 산에 갇혔다. 본래 오른 길로 내려오지 않고, 0.2km 짧은 코스를 택한 것이 화근이었다. 이 때문에 나뭇가지를 헤집고, 쓸리며 하산해야 했다. 그 와중에 얻는 것도 있었다. 몇천 보를 더 걸음으로써 건강을 챙겼고, 생생한 자연을 눈과 마음에 담은 게 그것이다. 이를 통해 나는 어떤 시간을 불편하게 보낼 때마다 무엇을 얻을 것인지를 생각해 봐야 할 이유를 찾았다. 편리함과 편안함은 평범함과 같아서 지나온 과정에 멈춰 있는 것과 같고, 선택적 불편함은 더 발전한 내가 되게 해줌을 제대로 배웠기에.

내가 묻고, 산이 답하다

편안함을 느끼는 순간,
뇌는 활동을 멈춘다.
— 에란 키츠

14

비우고 버리고 싶다면
인정부터 하라

비 오는 새벽, 4개의 산을 오르기 위해 충북 청주의 '낙가산' 주차장에 도착했다. 길이 미끄럽지만, 평소와 달리 빗물에 닿는 발소리가 운치 있게 느껴졌다. 20분쯤 올랐을까? 그제야 마실 물을 차에 두고 온 게 생각났다. 잠시 돌아갔다 올까 고민했지만, 그냥 오르기로 했다. 모두 비가 더 오기 전에 빠르게 다녀오려 한 성급함과 낮은 산이라고 쉽게 여긴 데서 범한 실수였다. 나는 여전히 겉모습을 보고 판단하고, 근거 없는 자신감이 배어 있는 모자란 사람임을 새삼 실감했다. 맑은 날이었다면 물 없이 하는 산행을 상상하지 못했겠지만, 내리는 빗방울이 나뭇가지에 튕겨 가습기 같은 역할을 해주어 큰 갈증은 없었다.

　이내 낙가산 정상에 도착했고, 이어지는 '것대산'으로 이동했다. 왕복 2.8km를 물 없이 더 걸어야 했다. 머릿속에서는 무리일 수도 있겠다 싶었지만, 이미 발길은 그쪽을 향하고 있었다. 그곳 정상에서 팔각정 아래를 손전등으로 비추니, 엄청난 양의 쓰레기가 있었다. 그중에는 물이 든 물병도 있어서, 하나하나 뚜껑을 열어 비워야 했다.

일상에서도 관계에 있어서 '비우다'라는 표현을 종종 사용한다. 여러 의미로 해석할 수 있는데, 나는 '그대로 두는 것' 또는 '인정하는 것'으로 본다. 사실, 지난 시간에 대한 후회와 미련을 비우려고 아무리 노력해도 잘되지 않는다. 마치 뒤로 갔다가 다시 다가오는 파도처럼. 생각대로 채우고, 비운다면, 상처도 아픔도 없으련만, 지독히도 안 된다. 특히 함께해 온 세월이 길수록 정리가 쉽지 않다. 아니, 한번에 무 자르듯이 비워내려는 것조차 욕심이다. 그래서 떠오르면 떠오르는 대로, 감정이 격해지면 격해지는 대로 그대로 두고, 그럴 수 있다고 받아들이는 게 비움이라고 생각하는 것이다.

다음 코스는 15km 떨어진 '양성산'이었다. 많은 비가 내린 터라 염려가 되었지만, 평소보다 걸음을 천천히 하고, 마음을 느긋이 하여, 평온하게 산행을 즐길 수 있었다. 이곳에서도 조망이 좋아 사람들이 많이 찾는다는 팔각정에 들렀다. 아니나 다를까. 것대산에서처럼 쓰레기가 많았다. 모두 주워 담고, 경치를 보려 했으나, 빗줄기와 함께 불어온 가을바람이 서늘해서 바로 '작두산'으로 갔다.

9월 중순을 넘어선 바람은 여름에 만났던 반가움과는 달랐다. 그렇게 여름의 바람이 잊히나 싶지만, 계절은 다시 돌아온다. 어느 날엔가 떠오르는 추억과 기억처럼 말이다. 그리고 미련을 남기는 모습도 보여준다. 눈이 녹아 봄이 와도 꽃샘추위에 옷깃을 여미게 하고, 여름엔 한껏 오른 기온에 힘들어할 무렵이면 장마가 열을 식혀주고, 시원한 바람이 부는 가을이 오나 싶다가도 늦더위에 볼멘소리를 하게 되고, 낙엽이 모두 진 뒤 코끝 시린 겨울이 와도 파란 하늘을 선물하듯이. 그러니 우리 인간의 미련은 어쩌면 당연하다. 비우고, 버리려고 노력한다고 해서 비워지고, 버려지는 게 아니란 말이다.

작두산 정상에서는 빠르게 하산했다. 양성산 능선에서부터 시작한 심장을 뒤흔드는 요란한 천둥 번개가 쳤기 때문이다. 두려운 마음에 서두르다 미끄러져 옷이 젖고, 온몸이 진흙투성이가 되었지만, 후회나 짜증은 없었다. 그렇게 내려와 주차장에서 분리수거를 하는데, 비에 젖은 쓰레기와 옷에서 나는 땀 냄새가 섞여 고약했다. 그래도 얼굴에는 웃음이, 마음에는 행복이 가득했다. 세상 누구도 느끼지 못하는 가장 행복하고, 개운한 시간을 보내는 중이었기에.

그나저나 수거한 쓰레기의 양이 상당했다. 그 속에는 버려진 양심도 있었다. 관계에서도 양심의 거리낌 없이 인연을 맺고, 끊는 사람도 있다. 하지만 대부분은 정리하는 순간에 상처를 받기도 하고, 아픈 시간을 보낸다. 서로 마음을 주고받았기에 미련이 남아, 쉽사리 버리지 못하는 것이다. 이때는 다른 방법이 없다. '그럴 수 있다.'고 이해하고, 아픈 나의 마음을 인정하며, 치유의 시간을 가지는 게 회복에 있어서 가장 빠른 지름길이다. 내가 주말마다 아스팔트 위를 떠나, 자연의 흙에 발을 디딤으로써 몸과 마음을 다스리는 데 제법 긴 시간을 투자했지만, 그 시간조차 감사하다고 고백하듯이 말이다.

비움이 지극하면,
죽는 날까지 위태롭지 않다.
_노자

15

잡념을 물리치는 비결은
집중이다

새벽 1시 30분, 경기도 이천의 '원적산' 주차장에 도착했다. 곧장 입구로 가지 않고, 스트레칭으로 온몸을 풀었다. '정개산'까지 오르는 게 목표였기에, 몸을 이완하는 준비운동이 필요했다.

　사실 정비 산행이 목적이라고 해도, 쓰레기는 그냥 보이지 않는다. 관심을 두고, 보려는 마음이 있어야 눈에 띈다. 그게 전부도 아니다. 풀과 나무 그리고 흙의 깊숙한 곳에 숨은 쓰레기를 발견하려면, 그만큼의 집중력을 요구한다. 물론, 집중을 하다 보면, 시간이 여느 때보다 더 빠르게 지나가는 듯해 시간 도둑처럼 여겨지기도 한다. 하지만 잡념도 함께 가져가 '정신적 해방'을 누리게도 해준다.

　이러한 '집중'은 우리를 매일 심판대 위에 올려놓는다. 만일 오늘 해야 할 일에 집중하지 못했다면 유죄다. 여기에 대한 벌은 내일의 업무 과중과 그로 인한 스트레스다. 그래서 우리는 이따금 집중하지 못하는 자신을 자각하면, "정신 차리자!"라며 스스로 다그치기도 한다. 잡념이 생기기 시작하면, 순식간에 정신이 마비되기 십상이니까.

　　　　　　　　　　　　　　　　　　내가 묻고, 산이 답하다

원적산 정상에서도 이 같은 이치를 몸소 체험하는 순간과 마주했다. 빛나는 달과 별 그리고 이천의 밤을 밝히는 가로등의 감미로움 사이로 어디선가 토끼 한 마리가 튀어나온 것이다. 그 귀여움에 정신이 팔리기라도 하면, 절벽에 가까운 능선에서 큰 사고로 이어질 수도 있다. 이렇듯 새벽 산행에서는 모든 순간에 집중해야 한다. 또 예상치 못한 상황에서는 더 신경을 써야 한다.

삶도 그렇다. 본인의 상황에 집중하지 못하면, 아래로 떨어지고 만다. 그리고 다시 오르려면, 2배 이상의 에너지와 시간을 들여야 한다. 즉, 잡념이 쌓여서 집중하지 못하는 게 아니라, 집중을 하지 못해 쌓인 잡념이 문제를 만드는 셈이다. 그러므로 우리는 하루하루에 집중해야 한다. 그래야 문제의 낭떠러지로 떨어지지도 않고, 원하는 지점에 도달할 수 있다.

한편, 정개산 정상에 도착하니 정상석에 '소당산'이라고 쓰여 있었다. 호기심이 생겨서 알아보니, 해당 마을에 살던 사람들이 해마다 소한 마리를 공양으로 바쳐 제사를 지냈다고 하여 붙여진 또 다른 이름이라고 했다. 이처럼 관심의 시선으로 집중하다 보면, 새로운 정보도 알게 되는 즐거움도 맛보게 된다.

벌써 가을이 성큼 다가왔음에도 지난해 떨어진 낙엽이 곳곳에 쌓여 있었고, 거기서 떠나지 못하는 미련을 보았다. 삶에서 미련이 남는 이유 또한 집중하지 못하거나 집중할 일이 없어서다. 또 미련이 한 번 떠나지 못하면, 다른 미련이 그 위로 쌓인다. 그렇게 쌓인 미련은, 잡념 덩어리가 되어 선택 장애를 가져온다. 다시 말해, 어떤 선택에서도 자유로울 수 없는 사람은, 지난 시간에 대한 후회와 상처라는 미련에 잠식되어 있기 때문이라고 봐도 무방하다.

'미련'을 국어사전에서는 '터무니없는 고집을 부릴 정도로 매우 어리석고 둔함.'이라고 정의한다. 이 관점으로 집중을 잘하는 사람을 지켜보면, 해야 할 일이 명확해서 둔해질 시간이 없다. 결국, 현재에 집중하지 못하면 미련한 사람이 되는 것이다.

미련한 자가 되고 싶어 하는 사람은 없을 것이다. 만일 지나간 일에 미련을 두고 있다면, 당장 집중할 수 있는 무언가를 찾기 바란다. 그래야 잡념의 늪에서 빠져나와서 새로운 기회를 만날 수 있다.

내가 묻고, 산이 답하다

지금 이 순간에 집중하라.
그렇게 하지 않으면 당신은
당신의 삶을 놓치게 될 것이다.
_석가모니

Photo by 설렘

16

진정한 사랑은
기대 없이 주는 것이다

이번 일정이 유독 설렌 이유가 있다. 추석 연휴 동안 매일 산을 오르기로 해서다. 그 첫 번째 목적지가 충남 아산의 '설화산'이었다.

새벽 1시 20분, 설화산 주차장에 도착해 어둠 속으로 한 걸음 한 걸음 나아가며, 버려진 쓰레기를 주웠다. 처음 정비 산행을 할 때는 쓰레기를 버린 사람들을 미워했지만, 이제는 그럴 수 있다고 생각한다. 산이 좋아서라기보다 어쩌다 한두 번 찾은 사람들이 내 마음과 다를 수 있다고 인정하게 된 것이다.

이렇게 되기까지 나만의 훈련법이 도움이 되었다. 나는 사람이 미워지고, 관계가 나빠진다 싶으면, 어린 시절 짝사랑할 때를 떠올렸다. 짝사랑이 나에게 마음이 없는 상대 혹은 나와 다른 사람을 이해하는 과정이라고 생각해서였다. 무엇보다 이런 관계에서는 상대에게 내가 바라는 바를 강요할 수도 없다. 그저 이해하고, 포용해야 한다.

당연히 이 관계에서 받는 상처도 온전히 나의 몫이다. 상처는 내 생각과 다른 말과 행동에서 비롯하는데, 내 기준에서 상대에게 바라는 마음이 커지면, 감정이 상할 수밖에 없다. 그렇다고 그 또는 그녀에게 나의 속내를 말하기도 어렵다. 그러니 더더욱 각자의 생각과 마음이 다를 수 있음을 인지해야 한다. 그걸 간과하는 순간, 관계의 전원이 'OFF'가 되는 건 시간문제일 테니까.

이튿날에는 충북 단양의 '금수산'에 올랐다. 아무도 없는 산을 홀로 걸으면서, 두려움과 무서움에 흔들리던 시간이 있었다. 그러던 어느 날, 3가지 이유로 그런 기분이 불현듯이 사라졌다. 첫째는 익숙함, 둘째는 집중력, 셋째는 쓰레기 봉지 덕분이었다. 이렇게 말하면, 대부분 세 번째 이유에 궁금증을 가졌다. 설명을 곁들이자면, 쓰레기 봉지가 차오르는 만큼 고도도 높아진다. 그리고 봉지 소리도 커진다. 그러면 동물의 위협도 막을 수 있다. 덕분에 듣기 싫었던 소리가 지금은 아름답고 소중한 소리가 되었다.

아무튼 정비 산행을 오래 해오면서 알게 된 사실이 하나 있다. 위치에 따라 쓰레기가 버려진 비율이 비슷하다는 점이다. 등산로 초입은 전체의 30%, 중간 쉼터와 능선은 60%, 가파른 경사의 고도가 높은 곳은 5%, 정상은 3%다. 그 외 나머지 2%는 내리막에 버려져 있다. 재미있게도 이 수치는 사랑할 때의 마음 비중과 닮아있다. 각각 사랑을 시작하기 직전의 설렘, 사랑을 시작하여 뜨거운 만남을 이어갈 때의 행복, 다툼이 일어날 때의 투정, 감정이 메말라갈 때의 불만, 가끔 스치듯 떠오르는 추억을 대입해 보면 납득이 될 것이다.

셋째 날에는 충북 보은의 '구병산'으로 향했다. 전날부터 내린 빗줄기가 굵어졌지만, 나는 포기하지 않았다. 늘 그렇듯 내 손에는 쓰레기 봉지가 들려있었다. 쓰레기를 줍기 위해 산을 오르는 해도, 쓰레기를 발견할 때마다 마음이 아프다. 특히 담배꽁초 앞에서는 가슴이 철령 내려앉는 느낌이다. 한번의 실수로 산 전체를 태워버릴 수도 있는데, 왜 그걸 염두에 두지 않는지 모르겠다.

나는 여기서 '참을성'에 대해 생각해 봤다. 사랑은 시작할 때도, 끝날 때에도 참을성이 필요하다. 내 기준에 맞추려면 그건 억압이고, 평행선의 사랑이 아닌 게 되어, 언제 끝나도 이상 할 게 없다. 물론, 사람은 아무리 배려가 깊어도 모든 기준이 내가 될 수밖에 없다. 다만, 바람이 커져서 원망이 되는 걸 막아야 한다. 그래야 스스로 키운 기대에 상처받지 않을 수 있다. 한마디로 무엇이든 적당한 게 좋다는 소리다. 그런데도 요즘은 산에서 생각 없이 담배를 피우듯, 본인의 감정을 서슴없이 드러내는 사람이 많아 보인다. 그런 광경을 볼 때마다 마음이 편치만은 않다.

어두운 새벽에다가 비까지 내려 등산로를 잃었다. 그로 인해 2시간 동안 헤맸다. 절벽에서 목숨을 건 위험과 마주하기도 하고, 바위 사이 깊게 파인 곳을 기어야 하기도 했다. 그 순간에도 내 눈은 쓰레기를 찾는 데 집중했다. 이것이 가능했던 이유는, 산이 내게 아무 대가 없이 준 사랑과 가르침을 갚는 시간이라고 생각해서였다. 거기에 새로운 것을 얻고자 하는 마음은 없었다.

관계에서도 상처받지 않는 방법은, 받으려는 마음을 버리는 것이다. 그럼, 힘듦도 어려움도 없다. 아니, 오히려 더 큰 선물을 받기도 한다. 그저 그곳에 내가 필요할 듯해 걸었을 뿐인데, 잃었던 길에서 수많은 쓰레기를 주우며, 받을 생각 없이 주는 것이 진정한 사랑의 핵심임을 깨달은 나처럼.

미숙한 사랑은 당신이 필요해서
당신을 사랑한다고 하지만,
성숙한 사랑은 사랑하니까
당신이 필요하다고 한다.

_윈스턴 처칠

17

**지독한 외로움이 찾아오면
자연으로 가라**

앞의 일정에 이어가 본다. 추석 연휴가 워낙 길어 방문한 산이 많았던 이유도 있지만, 신기하게도 상반기와 하반기의 깨달음이 확연하게 나뉘어 구분을 지었다.

넷째 날, 경기도 하남의 '검단산'을 찾았다. 정상에 도착했을 때는 새벽 5시 16분. 뚜렷하지는 않지만, 산 아래로 운해가 가득했다. 일출을 기다리는데, 손등이 시려와 겨울이 코앞으로 다가오는 게 느껴졌다. 또 이번 겨울은 어떤 모양으로 펼쳐질지 설레기도 했다. 그 순간 무엇을 원할 때, 기대하는 마음에 가슴이 설렘으로 부푼다는 사실이 머릿속을 스쳤다. 또 우리는 원했던 바와 다르면, 실망하게 된다.

사람 사이에서는 그럴지는 몰라도, 그 대상이 자연이 되면 이야기는 달라진다. 구름에 해가 가려 일출을 보지 못해도 개의치 않게 되고, 오히려 다채로운 빛으로 매력을 뽐내면 감동한다. 이날도 그랬다. 나는 보기 어렵다는 일출과 운해, 달과 별, 여명과 달무리까지 선물받았다. 물론, 앞으로의 산행에서는 원해도 못 보게 될지도 모른다. 그래도 괜찮을 수 있음은, 자연을 있는 그대로 인정할 수 있어서다.

다섯째 날에는 충남 서천의 '희리산'을 올랐다. 해송숲이 장관을 이루는 곳에 있으니 독소가 빠져나가고, 몸이 정화되는 느낌에, 말 그대로 힐링의 시간을 보냈다. 사회에서 좋은 사람들과 함께 보내는 것과는 또 다른 행복이었다. 사실, 누군가를 통한 마음의 쉼은 유효기간이 그리 길지 않다. 그래서 치유의 힘이 크지 않다. 순간의 즐거움으로는 일상의 문제를 완전히 털어낼 수 없기 때문이다.

이에 나는 삶에 지쳐있는 사람들을 볼 때마다 자연을 찾으라고 권한다. 아름다운 풍경을 바라보며, 맑은 공기를 마시고, 그곳의 소리에 귀 기울이다 보면, 나도 모르는 사이에 해결하지 못했던 고민을 하나둘 소화시키며, 정리하는 나와 만날 수 있어서다. 그야말로 오감을 정화하는 최고의 방법이다. 적어도 나에게는 그러하다.

더욱이 의도적으로라도 이렇게 나를 돌보는 시간을 가져야 하는 이유는 분명하다. 세상은 혼자 살아갈 수 없기에, 문제에 얽힌 머리와 마음으로는 누구와도 편하고, 좋은 관계를 만들 수 없다. 내가 편해야 남도 편하게 대할 수 있으므로, 여러 감정이 가득 차 얽히기 전에 비워내는 노력을 해야 한다.

연휴 마지막 날의 목적지는 전북 진안의 '마이산'이었다. 초입부터 계속된 쓰레기로 허리가 뻐근했지만, 운동이라 생각하니 즐겁게 임할 수 있었다.

한편, 나는 팔이 닿지 않는 곳을 제외하고는 쓰레기를 주울 때 집게를 사용하지 않는다. 집게를 사용하게 되면, 시간이 더 오래 걸리기 때문이다. 일상에서는 이처럼 주어진 상황을 마음대로 컨트롤하는 일이 단순하지는 않다. 나의 선택에 따라 스트레스를 받을 수도, 받지 않을 수도 있음을 잘 알면서도 쉽지 않다. 그래도 매주 자연을 찾으면서 그와 관련한 연습을 할 수 있으니 얼마나 다행인지 모른다. 게다가 자연에서는 모든 게 긍정적으로 받아들여져 마음의 평온도 챙길 수 있다.

그런 가운데 지금껏 올랐던 산 중에 가장 많은 쓰레기가 나왔다. 쓰레기는 왜 생겨나는 것일까? 기준이 '나'인 탓이다. 다시 말해, 자기 자신을 제일 중요하게 여기는 이들이 생각 없이 쓰레기를 버린다고 볼 수 있다. 이는 '잘못된 자기애'이다. 타인을 배려하지 않는 자기 존중은 자존감이 없다는 뜻이므로. 이런 사람들은 대체로 외로움을 많이 탄다. 심지어 자괴감에 빠지기도 한다.

역설적이게도 이를 극복하는 특효약은 '혼자 있는 시간'이다. 혼자 있으면 더 외로워질 텐데 무슨 소리 하는 거냐고 묻는다 해도 나의 답은 같다. 혼자라도 있어야 할 공간이 다르다. 예상했겠지만, 그곳은 바로 자연이다. 내면과 대화하며, 숲을 걸으면서 속으로 끓여왔던 나쁜 감정과 상처를 떠나보내야 한다. 그러면 타인의 입장을 고려하는 힘도 길러진다.

나도 자연에서 인생을 살아가는 답을 찾았다. 그리고 여전히 현재 진행형이다. 곧게 선 나무를 바라보며 의지를 일으키고, 흐르는 물에 유연함을 배운다. 밟히는 흙과 돌에는 상처를 내려두고, 부는 바람에 쌓인 고민을 날려 보내며, 마시는 공기에 해결하지 못한 답답함을 뿜어낸다. 한마디로 내 마음의 치유와 타인을 향한 이해의 답은 모두 자연에 있다.

자연이 하는 일에는
쓸 데 없는 것이 없다.
_아리스토텔레스

18

미래에 대한 뚜렷한 목표가
현재를 만든다

추석이 끝나고, 며칠 지나지 않아 다시 3일간의 연휴가 찾아왔다. 이번에는 충북 괴산의 '청화산'과 '조항산'을 오르기로 하고, 하루 전에 출발했다. 당일 새벽 2시, 주차장에서 채비를 하고 있는데, 주변을 환히 비추며 대형 버스 2대가 다가왔다. 딱 봐도 산악회 차량이었다.

　먼저 오르려다가, 그들이 쓰레기를 만들지나 않을까 하는 혹시나 하는 마음에 잠시 기다렸다가 뒤따라갔다. 20분쯤 지났을까? 담배꽁초가 보였다. 분명히 오래된 게 아니었다. 아니, 이제 막 버려진 것 같았다. 꼬리에 꼬리를 무는 의심으로 몇 발자국 내디뎠는데, 이번에는 설상가상으로 자연적으로 꺼진 담배꽁초를 발견했다.

　이런 걸 두고 '설마가 사람 잡는다.' 하는 건가 싶었다. 산악회원들이 산에서 담배를 피우리라고는 상상도 못했기에 적잖이 당황했다. 아주 잠시, 쫓아가서 왜 그랬는지 물어보려고도 했지만, 뒤따라가기로 선택한 걸 다행으로 여기고, 천천히 쓰레기를 주우며, 흥분을 발아래로 내렸다.

　　　　　　　　　　　　　　　　　내가 묻고, 산이 답하다

화를 누를 수 있었던 이유가 있다. 꿈꾸는 미래가 있고, 그 미래를 향해 나아가고 있다는 믿음 덕분이었다. 만일 청소에만 연연했다면, 곧장 가서 자초지종 따지고 물었을 테다. 그러나 그것만으로 산에서의 흡연을 막을 수 없음을 너무 잘 알게 되었기에 현재에 집중하고, 내가 그리는 미래에 집중함으로 참아냈다.

참고로 나는 국내 모든 산에 CCTV를 설치할 수 있을 만큼의 금액을 기부하는 게 꿈이다. 이게 산에서의 흡연을 100% 예방할 수는 없겠지만, 줄어들 수는 있을 거라고 확신한다. 이는 대다수의 사람은 현재가 과거에 의한 결과라고 생각하지만, 나는 미래에서 오는 것이라고 보는 나의 신념과도 맞닿아 있다. 선명한 꿈은, 설레는 과정의 과거가 되고, 그를 바탕으로 현재라는 결과물이 만들어진다는 논리다. 즉, 미래에 대한 명확한 목표가 지금을 바꾸고, 지금이 바뀌면 원하는 미래가 온다는 의미다. 이게 불확실한 미래를 더욱 선명하게 구상해야 하는 이유이기도 하다.

연휴 둘째 날에는 서울 노원구의 '불암산'에 올랐다. 도착한 시간은 새벽 1시. 관리를 잘한 덕분인지 초입은 깨끗했지만, 암릉과 바위가 이어지는 곳에는 적잖은 쓰레기가 보였다. 씁쓸함을 감출 수 없었지만, 급경사의 높은 암릉을 오를 때만큼은 밀려오는 감사함에 내 마음은 무장해제 된다. 안전하게 설치해 둔 펜스와 디딘 발이 미끄러지지 않도록 해주는 암릉의 까칠함의 조화로움에서 오는 감정이다. 설명을 덧붙이자면, 펜스나 계단은 인간의 필요에 의해 만들어졌지만, 암릉의 표면은 자연 그대로인데도 불구하고, 마치 자기를 찾아주는 사람들이 다치지 않도록 준비해 둔 장치 같다. 산이 만들어질 때부터 사람이 오를 것을 알고 있었던 듯이 말이다. 그런 산에 쓰레기를 버리며, 아프게 하는지 참 알다가도 모를 일이다.

이렇게 산의 어제와 오늘 그리고 내일에 대해 상상하고, 바라보면서 도착한 정상에서, 흔들리는 태극기와 서울의 아름다운 밤을 마주했다. 내려오면서는 불암산과 이어진 '수락산'으로 이동하다가, 본 코스를 이용하려 했으나 길을 잃고, 둘레길을 걷게 되었다. 그래도 일어나는 모든 일에는 이유가 있는 법이니 그대로 수용했는데, 이번 하산도 산이 내려오도록 한 걸 깨달았다. 나도 모르는 사이 내 손에 들린 쓰레기 봉지가 가득 차 있었으니까.

마지막 날에는 경기도 포천과 강원도 철원을 잇는 '명성산'이 목적지였다. 하루 전에 도착해 주차장에서 잠을 청하고, 새벽 2시 20분에 첫 쓰레기를 주웠다. 억새 축제가 유명한 곳이어서인지 그 명성답게 (?) 여기저기 많은 양의 쓰레기가 버려져 있었다. 하지만 이미 예상했던지라 시즌에 맞춰 온 나를 칭찬하며, 즐거운 마음으로 산을 올랐다.

힘들게 삼각봉을 지나 정상에 도착해서 쓰레기 봉지를 보니 가득 차 있었다. 그 순간 날이 밝은 후 오를 사람들 얼굴에 웃음꽃이 피어오를 게 그려졌다. 순식간에 힘듦은 사라지고, 기쁨이 깃들었다. 심지어 개운하기까지 했다. 이런 기분은 단순히 쓰레기를 줍는 행위만으로는 느낄 수 없다고 본다. 정비는 물론이고, 앞으로 일어날 시간에 무엇이 나열되어 있는지가 중요하다. 한마디로 당장 무엇을 하느냐는 중요하지 않다는 뜻이다.

지금 해야 할 일을 한다는 건, 닥친 현실에 필요한 걸 해결한다는 얘기다. 이는 미래의 목표 달성과는 거리가 멀다. 그보다는 미래에 달성하고 싶은 부분을 선명하게 설정해 두고, 그것을 이루기 위해 해야 할 일을 실천해 나가는 것이야말로 올바른 현재와 과거를 보낸다고 할 수 있다. 고로 우리는 '과거가 될 현재가 미래를 형성한다.'는 사실을 늘 인지해야 한다. 알고는 있지만, 실행으로 옮기기는 어려운 이점을 수십 번 되뇌며 하산했다.

계획이란 미래에 관한
현재의 결정이다.
_피터 드러커

19

방향보다 더 중요한 것은
실수 뒤의 반응이다

전북 진안군에 위치한 '구봉산'에 오르기로 하고, 하루 전에 도착했다. 다음 날, 첫발을 디딘 시간은 새벽 2시. 그렇게 50여 분이 지났을 무렵, 제1봉에 도착해 걸어온 방향 그대로 여기저기 길을 찾았지만, 끝은 모두 절벽이었다. 어쩔 수 없이 다시 돌아와 표지판 앞에 섰다. 그랬더니 정상 방향과 조금 전 내려왔던 제1봉 방향을 가리키고 있었다. 하지만 정상으로 향하면, 자칫 제2~8봉을 지나칠 수 있어서 재차 제1봉으로 향했다. 그런데도 제2봉으로 가는 길이 보이지 않았고, 더는 지체할 수 없어서 정상 쪽으로 향했다.

　계단 오르내리기를 10여 분. 놀랍게도 원하는 제2봉에 다다랐다. 나는 여기서 '방향'의 중요성을 새삼 느꼈다. 많은 사람이 본인의 꿈과 목표를 위해 오랜 시간을 투자하며 노력하지만, 모두가 같은 결과를 얻는 건 아니다. 어떤 이는 이루고, 어떤 이는 이루지 못하니까. 속도에도 차이가 있다. 어떤 이는 빠르게, 어떤 이는 느리게, 그마저도 중간에 주저하기도 한다.

　당연히 그 과정에 실수도 한다. 기본적인 옵션이라고 할 만큼. 여기서 중요한 점은 실수한 뒤, '방향의 빠른 정비'다. 지체하면 지체할수록 본인이 한 선택에 대한 이해 또는 위로를 구하려는 모습을 보이기도 하고, 심지어 믿음이 사라져서 포기하기도 하기 때문이다,

물론, 삶에 있어서 방향은 예측이 어려워서 딱딱 맞추기는 어렵다. 그래도 내가 산에서 잃었던 길을 찾았듯, 실수 앞에서 자책하거나 멈추는 게 아니라, 다른 방법을 찾는 노력을 해야 한다. 설령 출발했던 곳으로 다시 돌아가야 할지라도. 그리고 이는 돈으로도 주고 살 수 없는 '경험'이라는 재산이 되고, 앞으로 일어날 비슷한 상황에서 큰 도움을 준다. 더 빠른 판단으로 시간과 에너지 낭비를 줄여주므로. 다시 말해, 스스로 취득하는 지혜가 되는 셈이다.

제5봉으로 가는 구름다리에서 플래시를 비추니, 끝이 보이지 않았다. 주변도 캄캄해 두려울 법도 했지만, 그렇지 않았다. 그 이유는 첫째, 방향이었다. 그 지점에서 다리와 마주했음은 목적지로 바르게 가고 있음을 의미했다. 둘째, 당연함이었다. 확신 속의 두려움과 고통이 피할 수 없는 존재로 다가오니, 고민할 필요가 없었다. 방향에 대한 믿음과 당연함이, 흔들리는 구름다리를 흔들리지 않는 마음으로 걷게 했다.

드디어 구봉산 정상이 눈에 들어왔다. 지나온 제1~8봉에 소모한 체력보다 훨씬 더 많은 양의 에너지를 들여야 했지만, 행복했다. 인생에서는 방향을 잘 설정하더라도 원하는 곳에 도착하지 못하기도 하는데, 산은 방향만 맞는다면 누구나 정상에 도착할 수 있고, 오늘도 그걸 해낸 나였기에.

한편, 방향을 잘 정하는 것도 중요하지만 그보다 이끌어주는 사람

을 잘 만나는 일도 의미 있다. 설명을 덧붙이자면, 가보지 않은 길을 내 판단으로 제때 도착하기란 쉬운 일이 아니다. 경험이 없기에 길을 잃을 수도, 전혀 다른 곳으로 갈 수 있기 때문이다. 극단적으로는 낭떠러지에 떨어져서 돌이킬 수 없는 지경이 되기도 한다. 이럴 때를 대비해, 리드해 주는 누군가가 있어야 한다. 그는 당신이 나아가고자 하는 방향의 스스로 길이 된 경력이 있어서, 충분히 도움을 줄 수도 있다.

이튿날, 아산의 '고용산'에서도 비슷한 깨달음을 얻었다. 부모님 간병을 해야 하는 사정이 있어서, 긴 시간을 낼 수 없었기에 선택한 가까운 곳이었다. 주차장에 다다른 시간은 새벽 3시 30분. 해발 295m의 높지 않은 산인데도 등산로가 제법 괜찮았다. 그보다 쓰레기가 많지 않은 부분이 꽤 마음에 들었다. 신기했던 건, 여느 낮은 산과는 달리 암릉과 바위가 많아서 정상에 가려면 거기를 지나야 한다는 점이었다.

그 찰나에 이런 생각이 스쳤다. 지금까지 내게는 낮은 산에서는 길을 잃어도 오래 헤매지 않을 거라는 믿음이 있었다는 사실을. 실제로도 그러했고 말이다. 그런데 높은 산에서도 중간중간 설치해 둔 안내 표지판만 잘 숙지해도, 실수를 최소화 할 수 있다는 걸 이제는 안다. 이는 언제나 시작에 의미를 두고, 들머리에 집중하게 되면서, 코스를 제대로 찾지 못하는 '나'와 자주 마주함으로써 배운 부분이다.

이를 근거로, 일상에서 꿈 또는 목표의 '정기 점검'을 진행해야 한다고 말하고 싶다. 어느 지점까지 왔는지, 놓치고 있는 요소는 없는지 등을 체크해야 실수도 줄이고, 돌아갈 일도 일찌감치 예방할 수 있을 테니까.

성공의 비결은 목표를 평가하고,
현재 상황을 극복하는 데 있다.
_조지 패튼

20

질투와 도태에 빠지는 시기는
한 끗 차이다

　경기도 가평의 '연인산'과 '명지산', 2개의 산을 오르기로 하고, 하루 전에 연인산 주차장에서 잠을 잤다. 눈을 뜬 시간은 새벽 1시 50분. 간단하게 스트레칭을 하고, 정비에 필요한 물건들을 챙겨서 어둠 속으로 들어갔다.

　걷다 보니 지네 2마리가 곤충 하나를 두고, 실랑이를 하고 있었다. 거기서 나는 질투를 봤다. 우리 인간도 살다 보면 의도치 않게 '질투'도 하고, '시기'도 하기 마련이다. 그런데 이 둘의 차이가 있다. 전자는 상대와 상황을 이해하는 데서 시작하지만, 시기는 전혀 그렇지 못한 상태에서 출발하여, 본인에게 상처로 돌아온다. 이에 따라 질투는 나를 분발하게 하지만, 시기는 나를 병들게 한다. 다시 말해, 질투는 동기 부여를 하여 일상의 성장 에너지로 작용하지만, 시기는 악감정을 깨워서 몸과 마음을 피폐하게 한다. 이처럼 산은 흔한 장면에서도 이미 알고 있는 단어를 나만의 언어로 정의할 수 있는 기회를 제공해 주니 그저 감사할 따름이다.

　잠시 잠겨 있던 사색에서 빠져나와 주변을 둘러보니, 연인산이라는 이름이 무색하지 않게 하트 형상을 한 나무가 많았다. 그런 나무들의 뿌리가 흙과 바위를 덮거나 그 위를 뚫고 나와, 수없이 나뉘어 길이 되어 있었다. 아마도 이 튼튼한 뿌리들이 산이 견고하게 버틸 수 있도록 잡아주고 있으리라. 그 마음을 오르는 길에 만질 수 있는 나무란 나무는 모두 어루만지며, 고맙다는 인사로 전했다. 때론 뿌리가 너무 노출되어 있거나 상처가 크다 싶으면, "미안해. 그리고 고마워."라며 안아주기도 했다.

솔직히 등산로로 뻗은 나무를 불편하게 여기던 때가 있었다. 말 그대로 보이는 것에 대한 즉각적인 반응이었다. 이는 앞서 언급한 시기의 면모를 보인다. 상대에 대한 노력과 열정은 보지 못하고, 오로지 본인의 기준에 따라 판단한다. 아주 독불장군이 따로 없다.

그렇다면 이런 시기는 어떻게 풀어야 할까? '인정'과 '이해'가 뒷받침되어야 한다. 누군가가 미워지고, 거기에 더 있고 싶지 않다는 건, 다름의 존재를 받아들이지 못하고 있다는 것과 같다. 만일 그런 상태가 지속되면, 현실에서 도태되고 만다. 그러므로 타인과 각자의 환경에는 차이가 있음을 인정과 이해의 시선으로 바라봐야 한다. 그래야 심신을 괴롭게 하는 시기로부터 탈출할 수 있고, 당신을 더 품격 있는 사람으로 만들어 준다.

한편, 명지산으로 향하는 능선에서 바람이 거세게 불어오더니, 상상도 못했던 풍경을 만났다. 첫눈이 온 것이다. 금세 볼이 차가워졌지만, 신비롭고, 황홀하기만 했다. 또 2시간여 만에 도착한 명지산 정상은, 흰 눈이 온 세상을 덮어 그야말로 절경이었다. 그러나 겹겹이 쌓인 바위틈에는 눈이 닿지 않은 듯했다. 자연이 아무리 위대하다 해도, 해와 달, 눈과 비가 모든 곳을 비추고, 닿을 수 없구나 싶었다.

내가 묻고, 산이 답하다

여기에서 나는 다시 질투의 모습을 엿봤다. 눈이 닿지 않은 돌이 질투의 화신이 된 듯했다. 받고 싶고, 갖고 싶고, 원하지만 끝내 이뤄지지 않아서 허탈해하는 것 같았다. 이때 필요한 게 노력이다. 마음만으로는 그 무엇도 쟁취할 수 없으니까. 일상에서도 그렇다. 내 태도를 바꾸지 않으면, 성장도, 성공도 할 수 없다. 부정을 밀어내고, 변화를 끌어내야, 다음 스텝으로 넘어갈 수 있다. 이건 변하지 않는 진리와도 같다. 혹여나 지금까지 해왔던 방식을 고집하면서 더 나아질 내일을 기대한다면, 그건 시기나 다름없다. 여기까지 읽었다면, 결국 질투와 시기는 행동의 변화 여부에 따라 판가름 난다는 사실을 알아차렸을 것이다.

이번 산행은 어디에서 볼 수도, 들을 수도, 느낄 수도 없는 선물을 받은 듯한 기분이었다. 그런 감동을 주는 산에 대한 고마움과 미안함에 뿌리를 밟지 않으려다가 미끄러지면서, 바위에 발등을 부딪쳤다. 절뚝이면서 걷는데, 통증이 심상치 않았다. 더 큰 문제는 하산을 시작한 지 얼마 되지 않았을 때라 2시간은 더 걸어야 한다는 것이었다. 설상가상으로 주차를 해둔 곳이 아닌, 반대 방향으로 가고 있었다. 1시간쯤 걷고도 3km가 더 남았다는 표지판을 확인하고, 좌절감이 들었지만, 다른 방법이 없기에 스스로를 달래며 계속 걸었다.

그 와중에도 질투와 시기에 관한 배움은 계속되었다. 다리를 다쳤음에도, 질투는 불평불만을 하며 주저앉기보다 가야 할 길을 걷는 것과 같고, 시기는 현실을 부정하면서 걷기를 포기하는 것과 같다고 말이다.

나중에 알게 된 부분이 있다. 제대로 설계한 계획 즉, 선명한 미래가 있다면, 질투든 시기든 더 나은 방향을 찾아 행동에 옮겨 성장한다는 게 그것이다. 내가 극심한 통증을 이겨내고, 주차장에 도착할 수 있었음도, 당장 무엇을 해야 할지에 집중하는 힘 덕분이었다고 확신한다.

시기는 자신의 화살로
자신을 죽인다.
_《그리스 사화집》 중에서

Photo by

21

행복한 삶을 원한다면
소소한 감사를 찾으라

밤 12시 40분, 경기도 양주의 '사패산'과 서울 도봉구의 '도봉산'을 잇달아 올랐다. 도심과 가까워서인지 초입부터 쓰레기가 상당했다. 그래도 산에 오를수록 그 양이 많지 않아서 고마운 마음이 들었다. 그 순간 '행복의 기준'이라는 키워드가 불현듯 스쳤다. 개인적으로 나는 '감사'가 아닐까 한다. 그리고 내가 말하는 감사는 큰 게 아니라, 일상에서 마주하는 소소한 감정이다.

　사실, 우리 삶에서 특별한 감사를 찾기란 쉽지 않다. 왜냐하면 대부분이 물질적 또는 어떠한 행위에 의해 감사함을 느낄 수 있다고 생각해서다. 하지만 감사를 스스로 찾게 된다면, 이야기가 달라진다고 믿는다. 누군가에게 굳이 무엇을 받지 않아도, 언제든지 감사한 마음이 샘솟을 수 있으니까. 심지어 사람이 아닌 사물과 환경에서도 전달된다. 이로써 외부가 아닌 내부에서 일어나는 감사에는 한계가 없다. 말그대로 무한대다. 그러니 행복한 하루하루를 보내고 싶다면, 작은 데서 찾은 감사로 행복을 불러보길 권한다.

　이날은 그 어느 때보다 행복했다. 오랜만에 정상에서 주먹밥을 먹은 덕분이다. 그 시각이 새벽 2시. 뒷정리를 하고, 다시 도봉산으로 발걸음을 옮겼다. 능선에 오르자, 서울의 야경에 희미하게 비친 바위와 산세가 기막히게 멋졌다. 처음으로 느끼는 은은한 아름다움이었다. 여러 차례 연계 산행을 했지만, 모두 도심이 아니었기에 여태껏 볼 수 없었던 풍경이었다. 역시 고마움이 밀려왔고, 별일 아닌 일에 나만의 의미를 담아야 그 양이 늘어난다는 진리를 깨달았다. 그뿐만 아니라 감사가 이어지면, 긍정적인 관계와 행동을 이끌어준다는 믿음이 생겼다. 다름 아니라 감사로 인해 머리와 마음이 유연해지고, 그에 따라 선순환이 일어나는 것이다.

정상 50m를 남겨둔 지점에서 바위에 설치된 가드레일을 잡고 오르며, 또 한번 감사하게 되었다. 경사가 심해 전문 산악인이 아니면 오르지 못할 듯한 곳에 몸을 지탱할 수 있는 장치를 설치하여, 정상을 볼 수 있게 해 주었으므로. 그렇게 도봉산 정상에 도착한 시간은 새벽 4시 30분. 불어온 바람에 흘러내린 땀과 내 안에 쌓였던 부정과 부족함이 씻겨 날아가는 것만 같았다.

하산길은 역시나 제법 가팔랐다. 그러나 전과 다르게 차분하고, 안정적이었다. 꾸준한 산행으로 다져진 노하우에서 비롯한 감각임이 확실했다. 이런 작은 변화도 반복에서 오듯, 감사도 반복과 연습이 필요하다 싶었다. 감사가 자주 오지 않으면, 마음을 메마르게 해, 타인을 배려하거나 이해하는 데 문제가 생기고, 이는 행복도 차단해 버리니 훈련을 해야 한다는 뜻이다.

오르면서 두려움에 우회했던 Y 계곡으로 다시 향했다. 급경사와 한 치 앞도 보이지 않는 어둠에 심장이 터질 듯 무서웠지만, 손과 발의 감각에 집중하면서 가드레일의 도움을 받아 지날 수 있었다. 무사히 건너게 되자, 단전 깊은 곳에서부터 따스함이 밀려왔다. 그건 다른 사람을 통해 체험할 수 있는 기분이 아니었다. 내가 무언가를 해냈을 때 스며드는 느낌이었다. 즉, 나의 실천에 따라 감사에 따뜻함이 동반됨을 깨달았다.

내가 따뜻한 사람이 되어야, 상대방도 따스하게 다가온다. 예를 들어, 새로운 관계를 시작할 때 차가운 마음으로 짧은 악수는 할 수 있지만, 힘겨운 시간과 서로 이해하기 위한 시간을 이겨내기 위해서는, 계속해서 잡을 수 있는 적당한 온도의 손길이 필요하다. 그 온도를 높이는 게 감사다. 문제가 된 관계를 개선하기보다 일상에 감사를 찾아야, 얽힌 관계도 해법을 찾게 된다.

감사의 정점을 찍은 건, 다음 날이었다. 새벽 2시, 대전의 '보문산'을 찾았다. 그러나 등산로가 공사로 폐지된 상황이었고, 나는 1시간 동안 다른 길을 찾으려고 이리저리 돌아다녔으나, 헤매기만 할 뿐이었다. 포기할까 하다가 보문산을 매일 오르는 친구가 떠올라, 새벽 3시라는 말도 안 되는 시간에 DM을 보냈다. 그런데 세상에! 즉시 답장이 왔고, 나는 드디어 입구를 찾아 그날의 목표를 달성했다.

이 일에서뿐만 아니라 일상에 감사하다 보니, 이제는 감사가 찾아오는 느낌이다. 그래서 나는 "하루하루의 목적지는 감사로 향해야 한다."는 말을 꼭 남기고 싶다. 가장 아름다운 평온은 일상에 녹아든 잦은 감사의 지속일 테니까.

감사는 마음의 문을 열고,
행복의 문을 여는 열쇠다.
_올리버 웬델 홈즈

22

일상이 망가지면
일생이 흔들린다

새벽 1시, 서울과 경기도 경계에 있는 '관악산'에 올랐다. 그런데 샤워하다가 넘어진 탓에 허리 통증이 자꾸만 자극했다. 그렇지만 산행을 멈추는 데에 대한 두려움이 크고, 매주 산에서 반성과 성찰의 시간을 갖지 않으면, 일상을 살아갈 내 인성에 의문이 남아있어서 무조건 문밖을 나서는 걸 택했다.

　어쩌면 나는 스스로 변했다 믿고 싶고, 그렇게 되기 위해 말하고 있는지도 모른다. 부정적이고, 변화무쌍한 인격이 나도 모르는 사이에 돌아와, 후회하게 만들지도 모른다. 이 같은 이유로 악착같이 산을 찾는다. 이런 애씀 덕분인지 몸은 불편해도, 마음은 차분하고, 생각은 고요해진다. 여기에서도 삶의 진리를 배운다. 하나를 얻으려면 하나를 버려야 하는 게 아니라, 하나를 얻기 위해 그에 따른 통증을 견뎌야 함을.

　한편, 요즘 따라 세상에 공짜가 없다는 말을 실감한다. 물질적인 부분을 얘기하는 게 아니다. 한 인간의 성장을 의미한다. 성장은 삶의 동력이 되어주어서 우리를 숨 쉬게 하는 심장과도 같다. 성장하기를

내가 묻고, 산이 답하다

포기하거나 멈춘 사람에게서 생기를 느낄 수 없으니, 공감할 것이다. 이런 성장을 하려면, 시간과 노력 때로는 비용도 투자해야 해서, 거저 얻어지는 건 없다 싶다. 그럼에도 무언가 지속적으로 계획하고, 도전하는 이유는 일상에 충실함으로써, 후회하지 않는 일생을 만들어 나가기 위함이다. 일상이 모여서 일생이 되므로.

또 그 과정에서 이루어지는 배움을 통해 우리는 나날이 변화한다. '예절'과 또 다른 모습의 '인성'이 완성되어 가는 거다. 예를 들어, 예절이 해야 한다는 사고의 강요에 의해 행하는 말투와 몸가짐이라면, 인성은 그런 조건이 필요 없다. 그저 모든 행동에 묻어나오는 것이니까.

이렇게 성장과 인성에 대한 이면을 만나던 중에 어느 곳에선가 인기척이 들렸다. 산악회인가 했지만, 가까워질수록 느낌이 이상했다. 맙소사! 산 중턱 능선에 3개의 텐트가 쳐져 있었고, 거기서 흥청망청 술을 마시고 있었다. 고성방가는 덤이었다. 산이 쉬어야 할 시간에 대책 없는 짓거리를 하는 걸 도저히 보고 있을 수 없어, 그곳을 빠르게 지나왔다. 하지만 나는 30분을 헤매야 했고, 왔던 길로 돌아가 보니, 텐트 바로 뒤에 이정표가 가려져 있었음을 알 수 있었다. 화가 머리끝까지 올랐지만, 술 마신 사람들과 산에서 그것도 새벽에 실랑이해 봐야 얻을 게 없음을 인지하고는 내 갈 길을 향해 갔다.

당연히 지인들과 삶을 즐기는 건 행복한 일이다. 그러나 타인과 자연에 피해를 줘서는 절대 안 된다. 만일 누군가가 상식에 어긋난 제안을 한다면, 받아들여서도 안 된다. 올바르지 않은 그 일이 전염이 되어, 그게 아무 일이 아닌 게 되어버리고 만다. 그렇게 인성이 어둠으로 흘러가게 되는 것이다. 일상의 만남이 일생에 큰 영향을 주는 셈이다.

마음 불편한 일이 있었으나 새벽 3시 30분, 무사히 정상 연주대에 도착했다. 늘 그랬듯 달 주변에 별 하나가 반짝였다. 그런 둘을 볼 때마다 '얼마나 좋으면 옆에서 늘 지켜보고 있는 건가?' 하는 궁금증이 절로 생긴다. 산을 더 높이 오르면 가까워질 거라 생각했지만, 내 생각과 반대로 정상에서 멀어질수록 둘의 거리는 가까워졌다. 이처럼 좋은 관계란 일정한 거리를 두고, 서로를 인정할 때 오래 유지됨을 깨달았다.

이튿날, 천안 아산의 '배방산'도 내게 큰 교훈을 선사했다. 차 문을 열었는데, 억수같이 쏟아지는 비와 번쩍이는 천둥 번개가 머뭇거리게 했지만, 빠르게 산행을 마치기로 마음먹고, 시작한 등반이었다. 그러나 이내 번개에 대한 두려움에 심장이 요동쳤고, 산행을 빨리 끝내야 한다는 압박감에 숨이 차올랐다.

이는 일상에서도 마주하는 '긴장감'이다. 번개에 밀려오는 공포감은 준비되지 않은 채 문제와 부딪쳐야 하는 상황과도 같고, 서둘러야 한다는 긴장감은 더 나은 내일을 위해 안간힘을 쓸 때와 같다. 이 모든 현상은 한번에 정리되지 않고, 몸과 마음을 안절부절못하게 한다. 그럴 때 잊지 말아야 할 게 있다면, 모두 스스로 만든 문제라는 점이다. 그러니 거기에 일상이 휘둘리지 않도록 거듭 훈련을 해야 한다. 일상이 망가지면, 일생이 흔들리므로. 이게 일생을 살지 말고, 일상을 살아야 하는 이유다.

내가 묻고, 산이 답하다

결국 중요한 것은
인생의 세월이 아니라
세월 속의 그대 삶이다.
_에이브러햄 링컨

23

의식적인 판단으로
올바른 행위를 하라

20년 만에 휴가를 낸 금요일, 선망의 대상이던 경기도 고양의 '북한산'으로 향했다. 하루 전날, 연수원에서 강의를 마치고, 숙박한 터라 10분 만에 도착했다. 올해 들어 처음 영하로 떨어지고, 바람까지 세차게 불어서 춥게 느껴질 법도 했지만, 오랜 기다림이 있었던지라 기대감에 추위는 느끼지 못했다. 그렇게 설레는 마음으로 한 발 한 발 내디뎠는데, 입구부터 맑은 계곡 소리가 들렸다. 마치 나를 반겨주는 듯해 입꼬리가 절로 올라갔다.

북한산은 아래에서 보던 대로 암릉과 바위로 된 길이 많았다. 문제는 그사이에 버려진 쓰레기였다. 대부분 작은 껌과 사탕 종이였는데, 많게는 수십 개씩 버려져 있기도 했다. 그 광경에 '다수의 행동은 개인의 무의식을 되풀이하게 한다.'는 한 문장이 머리를 스쳤다. 즉, 다수가 벌이는 일은 개인이 올바른 사고와 판단을 하지 못하게 한다는 뜻이다. 반대로 해석하면, 흩어진 쓰레기를 모두 주우면, 당분간 쓰레기를 버리는 사람이 줄어들 거란 얘기다. 설령, 쓰레기를 버리고 싶더라도 눈치를 봐야 할 테다.

이는 이미 잘 알려진 미국의 범죄학자 제임스 윌슨과 조지 켈링이 발표한 '깨진 유리창 이론'과도 같은 양상을 띤다. 구석진 골목에 보 닛을 열어둔 두 대의 차량을 일주일 동안 주차해 두고, 한 대만 앞 유리창을 깨트려 놓은 결과, 보닛만 열어둔 차는 멀쩡했지만, 유리창이 깨진 차는 거의 폐차 직전으로 심하게 파손되었듯이, 자연도 어떻게 관리하느냐에 따라 우리가 살아갈 환경은 달라지기 마련이다. 치우 고, 또 치워도, 다시 버려질 쓰레기라는 걸 알지만, 내가 매주 산을 오르면서 청소하는 가장 큰 이유가 여기에 있다.

물론, 한 사람의 노력과 명확한 목표 의식만으로는 거대한 환경을 모두 바꿀 수는 없다. 그래도 의식 수준 또한 사람이 만들어낸 것이기 에 사람이 충분히 변화시켜 나갈 수 있다고 믿는다. 지금으로서는 단 지 그런 사람이 점차 늘어나길 바랄 뿐이다. 그러나 그렇게 되려면, 환경에 대립하는 '의식'을 지켜나가는 힘이 요구된다. 제아무리 또렷 한 의식과 목표도 반복되는 상황에서 지속해 나가기란 쉽지 않으니 까. 이러한 이유로, 흔들리지 않는 사명을 가져야 한다고 본다.

거센 바람에 가누기 힘든 몸을 끌고, 새벽 2시 56분에 정상 백운 대에 도착했다. 안개비로 플래시를 비춰도 정상석 외엔 아무것도 보 이지 않아, 이내 발길을 돌렸다. 하산하면서 조심한다고 신경 썼지만, 안개비가 내려앉은 바위와 거세게 부는 바람에 중심을 잃고, 그만 미 끄러졌다. 미리 위험을 인지하고, 대비해도, 안전은 뜻대로 되지 않음 을 새삼 실감했다. 그 와중에 암릉과 바위 구간을 지나 흙과 돌, 모래 의 능선 길에 들어섰다. 발에 스치고, 바람에 날아간 그들이 다시 그 자리, 그 길에 그대로 밟히는 게 느껴졌다. 부는 바람에 날려 떠난다 고 봤는데, 제자리로 돌아와 공간을 채우고 있었다.

잠시 눈을 감고, '휘' 지나는 바람에 귀를 기울였다. 가끔 환경의 변화를 위해 특별한 행동이나 상황을 만들어 의미 부여로 의식의 변화를 꽤 하지만, 쉽지 않다. 보이는 것에 의미를 두고, 지속 가능한 변화를 끌어내려 함은 마치 여행을 떠났다가 돌아온 것과 같아서가 아닐까 한다. 특별하기를 바랐던 그 시간도 지나고 나면, 사라져 버리니까. 그래서 보이지 않지만, 꾸준히 불어오고, 지나는 바람과 같은 자세가 필요하지 않나 한다.

이유는 사회에서 바람은 단체가 아닌 개인이라서 그렇다. 다시 말해, 짧은 기간에 여러 사람이 속한 단체나 환경이 변화하기는 어렵지만, 개인은 가능하다. 한 사람의 꾸준한 선행이 주변을 자극하고, 시간이 지남에 따라 전염되는 사례만 보더라도 알 수 있다. 더욱이 이런 변화는 강제성이 아닌, 스스로 참여하고, 동참하게 해서 그 여운과 영향력이 크다.

다음 날에는 충남 천안의 '광덕산'을 선택했다. 수북이 쌓인 낙엽 밟히는 소리가 좋았다. 미끄럽기도, 길이 잘 보이지 않기도 하지만, 자연 속에서는 언제나 불편함에서 즐거움을 찾게 된다. 이런 감상도 잠시, 계단을 오르며 처음 만난 벤치 아래로 쓰레기가 가득해 안타까움이 컸다. 이렇게 자기 멋대로 버리는 의식은 지나온 길에 생겨난 것이리라. 그리고 이 정도면, 행동이 아닌 행위라고 봐야 하는 게 아닐까 싶었다. 다른 산과 달리 같은 장소에 같은 쓰레기가 여럿 버려져 있어서 더더욱 이 생각을 버릴 수 없었다.

여하튼 '행동'과 '행위'는 비슷한 듯하지만, 엄연히 구별된다. 전자가 단순히 몸을 움직이는 것이라면, 후자는 의식적·의도적으로 움직이는 걸 일컫는다. 이에 따라, 생각 없이 버린 쓰레기인지, 버리면 안 된다는 걸 인지하고 버린 것인지에 따라 잘못의 크기가 달라진다는 말이다. 솔직히 산에 버려진 쓰레기는, 버리면 안 되는 걸 알고도 버린 것이다. 그 첫 테이프를 끊은 개인도 있었을 테고. 그런 행위를 하는 사람이 모이고, 모여서 현재 내 눈앞에 펼쳐진 모습을 만들었음이 틀림없다. 다행인 점은 여기서 '반면교사'라는 단어를 떠올리게 된다는 사실이다.

그렇다. 우리는 타인의 잘못된 행위를 거울삼아 올바른 의식을 깨워야 한다. 일상에서도 그래야 한다. 가령, 누군가가 제3자를 험담한다면, 그를 차단할 수 있어야 하고, 나는 그와 같은 행위를 하지 않아야 한다. 당연히 쉽지 않은 일이다. 관계의 측면에서 보면, 충분히 불편해질 수 있는 입장이기에. 그래도 그런 결단이 당신을 올바른 행위를 하게 하여, 더 나은 사람으로 가꾸어 줌은 분명하다.

내가 묻고, 산이 답하다

모든 미덕은
올바른 행위를 통해
요약되어 나타난다.
_아리스토텔레스

24

**모든 책임을 지기보다
소통하라**

새벽 1시, 바위가 신비롭기로 유명한 충남 홍성군의 '용봉산'에 도착했다. 휴양림을 운영하는 곳이어서인지 초입이 꽤 깨끗했다. 하지만 1시간쯤 지나니 쓰레기 봉지가 가득 찼다. 껌이나 사탕 봉지처럼 작은 쓰레기야 그렇겠거니 해도, 도시락과 컵라면, 1.5L 페트병, 캔은 도무지 이해가 되지 않는다.

　상식적이지 않은 상황에 너무 골몰했던 탓인지, 정상을 무심코 지나쳤음을 투석봉에서 코스를 확인하고야 알았다. 왔던 길로 돌아가는데, 어디선가 고양이 한 마리가 나타나 나를 쳐다봤다. 무언가 달라는 눈치였다. 오랜 산행으로 이런 아이들을 위한 육포를 챙겨 다닌다. 순전히 미안한 마음에서 시작한 일이었다. 대부분 인간의 선택에 일방적으로 관계를 맺고, 마음을 주고받다가, 상황을 핑계로 버려진 동물이기에. 이를 장담하는 데는 이유가 있다. 아직도 버려진 걸 모르는지, 사람에 대한 온정이 남은 건지, 애틋한 눈빛으로 바라보거나, 반대로 심한 상처를 받아서인지 으르렁거리거나, 화들짝 놀라서 부리나케 달아나는 모습에서 그 전후 사정이 충분히 전달되니까. 이런 그들을 바라보며, '관계'는 사람 사이에서만 존재하는 게 아님을 깨닫는다. 또 누구와의 관계든지 소홀하지 않고, 따뜻하게 대하는 세상이 오길 소망해 본다. 여기에는 반드시 상대에 대한 책임감이 따라야 할 것이다.

한편, 용봉산에는 노적봉, 투석봉, 악귀봉 등 8개의 봉우리를 보는 재미가 있다. 특히 봉우리와 봉우리 사이가 멀지 않아서 감상하기에 좋다. 그뿐만 아니라, 여러 봉우리를 오르내리면서 물개, 삽살개, 병풍 등의 형상을 한 신비한 바위도 눈길을 사로잡아 발길을 멈추게 한다. 그런데 그곳에 오른 사람이 있었는지, 바위에 함부로 앉거나 만지지 말라는 경고문이 붙어 있었다. 공공장소에서는 하고 싶은 행동도 참아야 하거늘, 쉽지 않나 보다.

여기서 나는 책임감에도 '내적 책임감'과 '외적 책임감'이 있음을 깨달았다. 전자는 우리가 흔히 말하는 스스로 책임지려는 마음이고, 후자는 딱히 법으로 규정짓지는 않았지만, 공동체 의식으로 무언가를 지키려는 마음이다. 그리고 둘의 영역은 다르지만, 조금만 생각해 보면 외적 책임감은 내적 책임감으로 만들어짐을 알게 된다. 공동체 의식은 개인의식이 모인 결정체이므로.

악귀봉에 오르며, 독단적인 책임감에 대해 나만의 정의를 내려 보는 시간을 가졌다. 보통은 하나만 사용하지만, 위험 구간이 있어서 플래시 하나를 더 켜는 순간 찾아온 메시지였다. 일상에서도 내가 위험을 분산시키기 위해 플래시를 켰듯이, 역할을 분배해야 할 때가 있다. 그러나 간혹, 혼자서 해결하려는 이들이 있다. 열정도 좋지만, 이는 같은 공간에 있는 사람들에게 상대적 무책임과 무기력, 심지어 불편함까지 제공해 버린다. 본인은 책임감으로 최선을 다하지만, 심신에 스트레스가 쌓이는 건 기본이고, 관계 악화로 후회와 상처를 남긴다.

내가 묻고, 산이 답하다

자기가 그어 놓은 선이 확고해서 일어나는 현상이다.

　사실, 우리네 인생은 매 순간 선택의 연속이라서, 늘 올바른 길로만 갈 수는 없다. 실수도 하고, 그 과정에서 깨달음도 얻고, 성장도 하는 게 사람이다. 이러한 관점에서 제3자의 의무까지 책임질 필요는 없다. 그게 자녀라 할지라도 말이다. 책임감을 기를 수 있도록 지도는 해야겠지만, 그들에게도 그들의 몫이 있다. 그러니 섣불리 책임감이 없다고 판단하지 않길 바란다. 게다가 내가 모든 책임을 져도, 다른 사람들과 나누어도 문제가 생긴다면, 굳이 홀로 부담을 떠안지 않아도 된다. 오히려 그게 믿음을 깨트리는 결과를 낳을 수도 있다. 대신 소통하며, 책임감을 끌어내는 전략을 적용할 것을 권한다. 산의 나무도 여유로운 공간에서는 곧게, 그렇지 않은 곳에서는 자신의 몸을 구부리며 자라는 것처럼, 유연한 대화로 당신에게 스며들게 해라. 그런 다음, 그들이 잘할 수 있는 영역을 하나둘 나누어 가면 된다. 이로써 주고받는 아픔은 줄어들고, 그 자리에 행복과 성취감 등 긍정의 기운이 채워진다.

　그래도 책임감을 내려놓기 어렵다면, 등산로 가까이 몸을 이리 비틀고, 저리 비틀어 길을 내어준 소나무처럼 제어하는 힘을 길러야 한다. 결국은 멋스러운 모습을 보여주고 있지만, 사람에게 닿지 않기 위해 홀로 얼마나 고통스러운 시간을 보냈을지 감히 가늠조차 할 수 없는 그 나무에게서, 무엇이든 혼자 감당해 내려면, 오랜 시간 고뇌가 따를 수밖에 없음을 알아간다. 나의 부족한 부분도 채워야 할 테니까. 희망적인 부분은 그 끝에 유연한 평온함이 기다린다는 진실이다.

팀으로서 성공한다는 것은
모든 팀원이
자신의 전문 지식에 대하여
책임을 지게 하는 것이다.
_미첼 케플란

25

'나'와의 밝은 대화를 원한다면
유연함을 가져라

지난번에 넘어진 후 통증이 나아지지 않아서 병원을 찾았다. 그런데 이게 웬걸. 허리뼈가 2개나 골절이 되었다고 했다. 그 상태로 5개의 산을 오르내렸으니, 참 미련스럽다 싶었다. 그래도 꿈을 생각하면 멈출 수 없는 일이다. 그로부터 2주 뒤, 새벽 3시 40분. 강원도 원주의 '치악산'을 찾았다. 중간쯤 오르니 눈이 녹아서 빙판길이 되어 있었다. 등산화만 신고 걷는 게 위험할 듯해 준비해 온 체인을 감았더니, 확실히 안정감이 생겼다.

　오랜만에 오른 산이어서인지 새삼 반갑고, 새로웠다. 괜스레 한번 더 계단 데크 쪽에 구멍을 내고 뻗은 나무를 툭툭 치며, 고맙다는 인사와 함께 안아주었다. 이처럼 상대가 없어도 얼마든지 소통을 할 수 있다. 그리고 가장 중요한 소통은 그 누구도 아닌, 나와의 대화다. 나는 이를 '이해 소통'이라고 하는데, 대화가 잘 이루어졌을 때를 의미한다. 여기에서 이해와 생각은 필요 없다. 이미 생각과 마음에서 내린 결정을 바탕으로 되뇌므로.

　그러나 이 대화가 긍정적이라면 문제가 되지 않지만, 의심과 부정으로 가득 차 의문이 이어진다면, '이해 소멸'이 되고 만다. 이따금 생각이 많아졌다며, 스스로를 괴롭히는 사람들을 보면, '고민'이라는 거대한 악마와 마주하는 듯하다. 자진해서 길고 긴 전쟁을 시작하는 꼴인데, 심각한 고통이 따른다. 더욱이 고민을 가장한 이 내적 통증은, 그 무엇도 선택하지 않으면서 마치 더 좋은 방법을 찾으려는 노력처럼 받아들임에 따라 헤어 나오기도 쉽지 않다.

그렇다면 왜 이런 일이 발생하는 걸까? 바로 자기 자신에 대한 불신 때문이다. 흔들리는 마음은 지나온 과정이 부실했거나 제대로 된 정보 수집이 이루어지지 않아서 생기는 감정이다. 이로 인해 결정을 하지 못해 고민이 길어진다고 봐야 한다. 그러므로 문제가 풀리지 않거나 계획대로 진행되지 않아서 망설이게 된다면, 상황에 대한 푸념보다는 지금 이 순간 해야 할 일에 최선을 다하고, 배우려는 태도로 문제에 직면하는 게 현명하다.

내가 '배움'을 강조하는 데는 이유가 있다. 배움 없는 노력과 최선은 쇠퇴로 가는 길이기 때문이다. 또 배움과 고민은 반비례한다. 배우지 않으면, 사고력을 멈추게 하고, 고민이 늘어날 수밖에 없다. 하고 있고, 해야 하고, 하고 싶고, 해야만 하는 모든 일에서 무엇을 배울 것인가를 늘 염두에 두어야 한다. 이러한 의미에서 나는 어제와 오늘 무엇을 배웠고, 무엇을 배울 것인가를 자문하면서 계속 걸었다.

그렇게 사색에 빠져 도착한 정상은, 운무가 가득해 아무것도 보이지 않았다. 거기서 주웠던 쓰레기와 발에 둘렀던 체인을 정리하고, 하산했다. 그런데 체인을 벗으면서 긴장감도 떼어내 버린 건지, 5분도 지나지 않아 미끄러져 다칠 뻔했다. 발에 전해지는 압박감 때문에 풀었는데, 너무 서둘렀나 싶었다.

한편, 자신과의 대화에서 스스로를 압박하는 경우가 있다. 이는 선택에 대한 결과가 생각과 다를 때 하는 후회다. 원하는 성과를 내지 못했음에 자책하는 것이다. 어떤 이는 이 시간이 길고, 어떤 이는 짧다. 후자는 결괏값을 실패로 인지하기보다 다시 시도하는 발판으로 삼는 반면, 전자는 그 자체에 집중하여, 별다른 시도 없이 자신을 패배자로 만들어 스스로 괴로움 속으로 걸어 들어간다. 이런 상태가 되지 않으려면 반드시 기억해야 할 게 있다. 우리의 삶은 모든 순간이 선택이다. 거기에 집중해야 결과가 나타나기 마련이다. 그렇다고 해서 그 결과가 인생의 전부를 의미하지는 않는다. 단지 목적지로 가는 과정일 뿐이다. 즉, 매번 결과를 결론으로 받아들이지 말라는 얘기다. 그렇게 하면, 홀로 피폐해지는 시간을 보내게 될 뿐만 아니라 삶의 길도 잃게 된다. 상상만 해도 끔찍한 일이 아닐 수 없다. 그러고 보니 오늘도 나는 산에서 큰 배움을 얻어간다. 이러니 매주 산에 오르지 않고는 못 배기는 게 아닐까 해 입가에 미소가 떠오른다.

다음날에는 최근 특별한 포토존으로 인기몰이 중인 대전의 '장태산'으로 향했다. 초입에서 얼마 지나지 않아 좌측으로 이어진 데크가 보였고, 몇 발짝 더 내디디니 철문이 굳게 닫혀있었다. 9시 이후에 개방된다고 쓰여 있어 당황스러웠지만, 빠르게 근처 다른 산을 알아보고 그리로 갈까 하다가, 오르던 길에 갈림길이 생각이 나 희망을 안고, 그쪽으로 발걸음을 옮겼다. 이렇듯 짧은 순간에도 생각은 환경에 따라 빠르게 변한다.

'나'와의 대화 또한 처한 상황에 따라 시시각각 바뀐다. 이때 부정이 고개를 들면, 당혹스러움 앞에서도 내가 다른 길을 찾았듯, 새로운 방법이 있다는 믿음을 가지면, 유연하게 대처함은 물론, 밝은 대화를 이어 나갈 수 있다. 게다가 원했던 장면과 마주하는 행운이 생기기도 한다. 지레 포기하지 않고, 시도한 덕분에 20분 만에 목적지였던 장태산 구름다리에 도착한 나처럼.

　한마디로 정리하자면, '순간의 긍정'을 놓지 않는 게 핵심이다. 또 그것이 단기간이든 장기간이든 내 미래를 결정한다. 만일 즐겁고, 행복한 내일을 꿈꾼다면, 굳이 나와의 대화에 부정적인 기운을 끌어들이지 마라. 이는 현재에 충실히 하는 것만으로도 충분히 만들어 낼 수 있는 그림이다.

좋은 소통은 길을 열고,
나쁜 소통은 닫는다.
_레이오스 파이어스

26

진정한 리더는
강요하지 않고 이끈다

눈 내리는 도로를 달려 도착한 곳은 서울 노원구의 '수락산' 주차장. 새벽 3시 20분이었다. 아이젠을 착용했더니, 밟히는 눈 소리가 달랐다. 또 보이지 않지만, 들리는 계곡 소리는 정신을 맑게 해주었다. 그렇게 소복이 쌓인 계단 위의 도화지에 발자국을 그려 넣으며 걷다가, 문득 리더의 역할과 마음가짐이 떠올랐다.

　이미 파악했겠지만, 나는 아무도 오르지 않는 이른 시간에 가장 먼저 산에 오른다. 목적은 정비다. 리더의 역할도 그렇다. '솔선수범'으로 이끌어야 한다. '이끎'을 국어사전에서는 '목적하는 곳으로 바로 가도록 같이 가면서 따라오게 하다, 또는 사람, 단체, 사물, 현상 따위를 인도하여 어떤 방향으로 나가게 하다.'라고 정의한다. 이런 의미에서 리더에게 선행은, 나무에 물을 주는 것과 같다. 그런데 나무는 물을 주지 않으면, 죽는다. 여기서 '죽은 것'이 아니라 '죽인 것'이 문제가 된다. 리더가 기본적인 의무를 저버리면, 나무와도 같은 구성원을 도태하게 함은 물론, 리더 자신도 성장하기 힘들어지기 때문이다. 한마디로 리더는 그의 행동으로 이끌어야 하고, 그 선한 영향력이 여러 사람에게 스며들게 함으로써 선순환 구조를 이루어야 한다.

한편, 솔선수범의 반대는 '강요'다. 그 출발은 요구에서 시작한다. 쉽게 설명하자면, 리더가 본인의 판단이 구성원에게 도움이 된다는 확신으로 밀어붙이면, 충돌이 생길 수밖에 없다. 소통으로 원만하게 잘 풀어나가면 좋겠지만, 자신이 예상한 대로 구성원이 따라오지 않으면, 답답함을 느끼게 되니까. 더불어 상대방에게 하는 요구를 관심과 사랑으로 포장을 하다가 끝내 강요한다. 그 모양새는 '억지'와 '억압'을 닮아 있다. 이와 같은 집단이 잘되는 경우는 극히 드물다. 외적으로는 드러나지 않더라도 내적으로는 분명 곪아 있다. 그래서 리더라면, 다른 사람에게 강요하기보다 스스로 솔선수범할 일을 찾아내어 행동하고, 변화에 앞장서는 태도를 보여주는 게 가장 바람직하다.

1시간 30분 정도 오르니, 능선이 눈앞에 나타났다. 흔적 없이 하얗던 길 위에 자국이 있어 자세히 보니 동물 발자국이었다. 가장 처음 눈을 밟았다고 확신했는데, 이미 이곳에서 생활하고 있는 이들을 잊고 있었음을 깨닫는 순간이었다. 이처럼 앞장서서 이끌다 보면, 내 생각과 판단이 틀리지 않다는 착각에, 중요한 부분을 놓치거나 잘못된 방향으로 가는 실수를 범하기도 한다. 그렇기에 언제나 변수에 대비해야 한다. 하지만 언제 어떤 문제가 발생할지 알 수 없어서, 지혜롭게 대응을 하는 것만이 최선이다.

그럼, 올바르고, 즉각적 대응은 어떻게 할 수 있는 걸까? 이는 단언컨대, 순간적으로 키워지는 힘이 아니며, 경험을 통한 훈련이 필요하다. 절대 앞만 보고 달리는 사람에게 쉽게 허락하지 않는 능력이니, 의식적으로 주변을 둘러보는 여유를 가져야 한다. 한 방향만을 고집하면, 주변 사람에게 부담으로 작용할 뿐만 아니라 불평불만을 유발하지만, 뒤처진 이들을 살피고, 속도와 방향 등 밸런스를 맞추는 재정비의 시간을 갖는다면, 함께 탄탄하게 나아갈 수 있음을 명심해라. 이

자세가 당신을 현명한 리더로 세워줄 것이다.

정상은 강풍과 휘날리는 눈에 서 있기조차 힘들어 즉시 하산했다. 정상과 멀어질수록 밟고 왔던 자국이 희미해졌다. 시간이 지나면서 내리는 눈에 흔적이 지워진 것이다. 여기에서도 리더가 갖춰야 할 자질을 엿볼 수 있었다. 그건 바로, 앞장섬에 있어서 위험을 최소화해야 한다는 점이다. 빠른 길, 속도만 생각해서는 안 된다. 따르는 사람이 위험해질 수 있으므로. 다시 말해, 리더의 걸음은 속도 그 이상으로 '방향'이 더 중요하다는 뜻이다.

눈이 많이 내려 염려스러웠지만, 다음 날에도 나는 충남 아산의 '황산'으로 향했다. 고속도로까지는 괜찮았지만, IC를 지나면서부터는 눈이 그대로 쌓여 있었다. 그래도 혹시나 싶어서 산으로 갔지만, 도착 5km를 남겨두고, 언덕 한가운데 그대로 멈춰 섰다. 몇 번이나 올라가 보려 시도했지만, 미끄러지며 바퀴가 돌기 시작해 근처 다른 산을 알아봤다. 그렇게 찾은 게 '태화산'이었다. 30여 분을 달려왔건만, 몇 km 남지 않은 곳에서 역시 언덕을 넘지 못하고 내려왔다. 또 다른 산을 찾아볼까도 했으나, 부모님 간병하러 갈 시간이 다가와 아쉬운 발걸음을 돌렸다.

이런 내가 억지스러워 보일 수도 있다. 그런데 리더에게는 이런 시간이 꼭 필요한 듯하다. 외롭고, 험한 길일지라도, 피해를 줄이고, 성장을 극대화하려면, 다양한 방법을 찾고, 함께하는 이들을 이해시키기 위해서는 먼저 '경험'을 해 봐야 한다. 그 과정에서 배우고, 삶의 지식을 터득하면서, 구성원에게 강요가 아닌 진정한 이끎의 가치를 선보인다면, 누구나 따르고 싶은 리더가 될 테다.

남을 가르치듯 스스로 행한다면,
그 자신을 잘 다룰 수 있고,
남도 잘 다스리게 될 것이다.
_《법구경》 중에서

27

불평등을 불평하기보다
받아들이고 뛰어넘어라

새벽 1시 50분. 경기도 동두천의 '소요산' 주차장에 도착했다. 올해 들어 가장 추운 날이지만, 완전무장을 한 덕분인지 추위가 크게 느껴지지 않았다. 이날은 언제나 보던 나무에게서 '평등'과 '불평등'의 이면이 보였다. 사람에게 닿고 치여, 불편함이 더 많았을 등산로 쪽으로 자란 나무가 상대적으로 평온한 숲 안쪽의 나무보다 크고, 굵게 자라 있어서였다.

　많은 사람이 원하는 게 평등이고, 절대적으로 원하지 않는 게 불평등이라고 하지만, 내 입장은 조금 다르다. 불평등이 평등보다 우월하고, 불평등 속에 성장한다고 믿어서 그렇다. 설명을 덧붙이면, 평등은 자격이나 권리, 의무 등을 일괄적으로 분배한다. 이에 따라 사람들은 대체로 수동적인 자세를 취한다. 반면에 불평등한 상황에 놓이면, 나에게 주어지지 않은 결핍된 부분을 채우기 위해 능동적으로 행동한다. 불평등을 탄력적인 에너지로 이용하여 스스로 도전하고, 시도하면서, 현재의 한계를 극복해 나가는 것이다. 등산로에 뻗은 가지가 이리저리 치여서 바깥으로 휘고, 뿌리는 오가는 발길에 밟혀 고통스럽더라도, 여느 나무보다 튼튼하게 자라듯.

내가 묻고, 산이 답하다

1시간 40분을 올라, 공주봉에서 일품인 야경을 만끽하고, 정상 의 상대로 걸음을 옮겼다. 얼마 지나지 않아 오를 때 봤던 내리막을 다시 만났다. 아주 잠시였지만, 처음 산에 오를 때 내리막을 만났을 때 당황했던 내 모습이 떠올라 울컥했다. 이유인즉, 그때까지만 해도 산은 무작정 올라야 한다고만 생각한 터에, 내리막 앞에서는 불안과 불평이 함께 찾아왔기 때문이다.

그러고 보니 불평은 평등함에 없어서는 안 되는 존재가 아닐까 한다. 무조건적인 평등은 없지만, 무조건적인 불평은 있으니 말이다. 평등이 누구에게나 주어지지는 않지만, 평등해지기 위해 노력하는 사람들에게는 결국 선물처럼 안긴다. 그 과정이 호락호락 하지 않아서 불평이 생기기도 하고, 아무것도 하지 않으면서 현실을 부정하는 사람도 불평을 하니, 평등과 불평은 필수 불가결의 사이로 느껴진다. 여기서 우리는 불평과 불평등은 자화상임을 알아야 한다. 불평등한 위치에서 불평을 해봤자 달라질 건 없으니까.

새벽 4시 30분. 드디어 정상에 닿았다. 산 아래 야경이 마치 보석처럼 빛났다. 그 광경을 바라보면서 아이젠을 벗어던졌다. 눈길이 제법 미끄러웠지만, 불편함이 염려를 제친 것이다. 그러다가 한두 번 미끄러지고, 하는 수 없이 다시 착용했다. 나는 여기서 또 한번 배웠다. 앞서 불편함의 양면성에 관해 언급했는데, 평등을 넘어 우월한 성장에 반드시 있어야 할 감정이 있다면, 불편함에서 나아지고 있다는 안정감이라는 깨달음이 스친 덕분이다. 생각해 봐라. 인간은 아무것도 하지 않으면, 불안해진다. 반대로 무언가를 시도하게 되면, 불편하지만, 역설적으로 심리적 안정감을 찾는다. 내가 산을 오르며, 일상과 마음에 평온을 찾아가듯이.

이튿날, 충북 청주의 '구룡산'을 찾았다. 길이 꽤 정갈한 편이었는데, 10분 정도 올랐을 무렵부터 눈이 날리기 시작했다. 등반에는 무리가 없겠다 싶었지만, 경사가 제법 있었기에 내려갈 길이 걱정되었다. 그때부터 눈이 많이 쌓이기 전에 하산해야 한다는 생각에 불편하고, 초조해졌다. 이렇게 환경의 변화에 따라 익숙하지 않음에서 불평등이 일어난다. 누구에게나 주어진 상황이 같을 수 없으니, 익숙함의 척도에 따라 불평등해진다는 얘기다. 그렇다고 여기서 불평을 해버리면, 사태가 더 악화될 뿐이다. 이게 불평등은 인정하되 불평은 멀리해야 하는 이유다.

이런 삶의 진리를 알아가고 있는데, 나도 모르는 사이 길 위에 흰 카펫이 깔렸다. 몇 번을 미끄러질 뻔하고 나서야 하산 후의 고민을 지우고, 지금 이 순간에 집중하기로 했다. 덩달아 평탄하지 않은 길에서 몰입의 힘이 키워진다는 점을 실감하면서, 일상에 불쑥 찾아오는 불편함을 어떻게 받아들일지 다시 한번 생각하는 시간을 가졌다.

결론적으로, 불편은 군이 부정할 필요가 없다. 불편과 불평등 속에서도 그게 무엇이든 반드시 얻게 되는 게 있다. 그러므로 수수께끼 풀듯 긍정적인 사고로 판단하고, 행동해라. 속도의 차이는 있을지언정, 일상의 소소함과 무료함이 감사와 행복으로 다가오고, 비슷하게 느껴지는 평등 속에서도 남다르게 삶의 질을 끌어올리는 우월을 누리게 될 테니까.

내가 묻고, 산이 답하다

차이를 인정하고,
받아들이는 것이
진정한 평등이다.
_글로리아 스타이넘

28

실천하지 않으면
꿈은 실현할 수 없다

새벽 3시, 경기도 용인의 '광교산'에 도착했다. 40분이 지나서야, 첫 번째 목적지인 형제봉에 도착할 수 있었다. 이렇게 행동으로 옮겨야 원하는 바를 이룰 수 있다. 그게 무엇이든 마음만으로는 가질 수 없는 게 현실이다. 내가 현재의 모습이 될 수 있었던 데도, 과거의 '실천'이 있었기에 가능했다는 사실을 인지한다면, 알 수 있는 부분이다. 이를 근거로, 목적 달성에 지금 당장 무엇을 해야 할지는 아주 중요한 문제다.

　한편, 나는 다음 봉우리로 가기 전에 숨을 고르기 위해 잠시 멈췄는데, 앞서 강조한 실천에 있어서는 멈춤이 길어서는 안 된다는 생각이 들었다. 매 순간 열정적일 수는 없지만, 여유를 부려서는 실현된 목표가 만족스럽지 않을 수 있기 때문이다. 가령, 배가 항해할 때, 뱃머리의 방향도 중요하지만, 일정 이상의 속도를 내지 않으면, 파도를 가로질러 나아가는 힘도 사라지고, 표류하기 십상이다. 즉, 속도와 방향이 수평이 되어야 실현할 수도 있고, 결실이 흡족할 수도 있다는 뜻이다.

　이어서 나는 내리는 눈을 맞으며, 비로봉이라고도 부르는 종루봉에

내가 묻고, 산이 답하다

도착했다. 지금까지 등산을 해오면서 봉우리를 넘을 때 저마다 정상 석을 보던 것과 달리, 이정표에 정상이 적혀있어서 기대감에 했던 실 행이 바라는 모든 일을 쟁취할 수 없음을 깨달았다. 그렇다고 실망할 필요는 없다. 모두 종착지로 가는 과정일 뿐이니까.

이쯤에서 고백하자면, 나의 등반 최종 목적지는 정상이 아니다. 대 신, 두 다리로 걸을 수 있는 날까지 오르내리기를 반복하는 시간에 있 다. 삶에서의 실현도 이와 같다고 본다. 한 번의 달성으로 끝내는 게 아니라, 다음 단계를 향한 도전과 변화를 거듭해야 한다. 그렇지 않으 면, 더는 발전이 없어서 도태되고 만다. 이러한 이유로 우리는 언제나 단계별 계획을 염두에 두어야 한다.

1시간을 더 올라, 정상에 도착했다. 정상의 시그니처 '조아용' 인형 의 한쪽 뿔에 쓰레기 봉지를 걸어두니, 가방 메고 학교 가는 아이처럼 귀여웠다. 이처럼 때때로 정상석보다 눈에 띄는 게 있다. 낮게 깔린 운해와 소나무, 바위, 산세, 흐르는 강과 바다, 어둠에 빛나는 야경, 밤하늘의 반짝이는 달과 별 등이 그렇다.

이렇듯 무엇이 실현되었을 때, 부수적으로 따라오는 대상이 있다. '자존감'과 '자부심'도 그중 하나다. 누군가가 어떠한 성과를 이루면, 사람들은 그를 인정한다. 더불어 그가 걸어온 길 즉, 과정도 높이 평 가한다. 노력과 열정의 시간이 보이지 않는 멋지고, 아름다운 옷을 입 어 세상에 드러나는 셈이다.

하산길에는 재미있는 경험을 했다. 원래 가려던 코스를 이탈해 내 려가는데, 주차장과 멀어지는 듯한 느낌에 긴장이 되었다. 그런데 먼 저 하산 중인 사람을 보고는 평안해졌다. 그 자체만으로도 감사했는데, 짧은 시간 안에 친해진 그는 내 차를 세워둔 곳까지 태워주었다. 그 거리가 자그마치 3.5km였다. 하마터면 하산을 하고도 1시간이나 더 걸어야 할 판이었다. 예상하지 못한 경험으로 실수를 스스로 해결해도 좋지만, 누군가의 도움을 받는 것도 귀한 일임을 다시 한번 익혔다.

한 해의 마지막 날에는 의미를 두고 싶어서 충북 청주의 '부모산'을 찾았다. 별다른 정상석이 없어, 한 걸음 한 걸음에 부모님을 담으며 걸었다. 대체로 마음먹고 실행으로 옮기기만 하면 실현되는 일상과는 달리, 부모님을 향한 효도는 무엇을 하더라도 작게만 느껴진다. 노랫말처럼 낳고, 기르며, 수고한 그 은혜를 다 갚을 수 없기 때문이리라. '이제라도 그 감사함을 알고, 앞으로 함께할 시간이 길지 않음에 자주 찾아뵈려고 노력하는 걸 다행이라고 해야 하나.' 싶기도 해 가슴이 아린다.

내가 묻고, 산이 답하다

꿈을 기록하는 것이
나의 목표였던 적은 없다.
꿈을 실현하는 것이
나의 목표이다.
_만 레이

29

예측으로 얼어버린 마음은
예상으로 유연하게 해라

새벽 3시 10분. 경기도 남양주의 천마산에 도착했다. 언제나 이 시각의 산행은 고요했으나, 아이젠에 눈과 얼음이 밟히는 소리가 색다른 즐거움을 주었다. 아마 이 아이젠을 준비하지 못했더라면, 수십 번은 넘어져도 넘어졌을 테다. 그러면서 불만을 드러내기도 했으리라.

　일상에서도 그런 상황을 만들지 않기 위해 다들 대비를 한다. 그리고 그 준비는 미래였던 현재에 안정감을 가져다준다. 이로써 준비가 설레기도 한다. 미래가 기대되는 만큼 준비하는 시간이 행복하므로. 가장 대표적인 예로 여행을 들 수 있지 않을까 한다. 즉, 여행지에서의 계획을 구상하듯 우리는 단기든, 장기든 다가올 미래를 그리며, 하루하루를 알차게 보내야 한다. 당장 준비할 게 없다면, 어떤 목표로 무엇을 향한 삶을 보내고 있는지 자문해 봐야 한다.

　정상에는 태극기가 펄럭이고 있었다. 야경도 기가 막혔다. 그 풍경을 즐길 수 있음도 든든하게 챙겨 입은 등산복 덕분이다. 이렇게 예상되는 경우의 수에 예비하는 건 해당 과정 내내 안도감을 선물한다. 항상 예상이 맞을 수는 없겠지만, 준비를 하느냐 하지 않느냐는 심리적 부담에 큰 차이가 있다. 이는 오지 않은 상황을 걱정하는 것과는 다른 차원이다. 현실적인 부분에서 부족한 조각을 미리 맞춰보고, 보완해 나가는 일이므로.

그런데 하산 중에 우리 인생처럼 예측을 빗나가는 광경을 마주했다. 쌓인 눈에 햇살이 비추면, 당연히 위쪽부터 녹을 거라 생각했지만, 아래쪽부터 녹고 있었던 것이다. 이에 섣부른 예측이 잘못된 행동을 낳을 수도 있겠다는 각성을 하게 되었다.

여기서 '예상'과 '예측'을 구분하여 알아둘 필요가 있다. 전자는 어떤 일을 직접 당하기 전에 미리 생각해 둔다는 의미로 계획이 따른다. 후자는 미리 헤아린다는 뜻으로 짐작하여 가늠하는 데 머문다. 가령, 예상은 수량이 확실하지 않은 어떠한 물건을 구비함에 원하는 개수가 나오지 않았을 때를 대비해 그 수를 맞추기 위한 다음 단계까지 구상해 둔다면, 예측은 원하는 수량이 될 수도 있고, 되지 않을 수도 있다고만 고려하는 것이다.

설명을 조금 더 덧붙여 보자면, 녹기 시작한 눈의 질퍽거림이 불편해서 아이젠을 벗었다. 하지만 자꾸만 미끄러져 다시 착용했다. 여기서 '괜찮겠지?'라며 아이젠을 벗은 건 예측이다. 반대로 괜찮지 않을 수 있음을 염두에 둔 건 예상이다. 알아차렸는지는 모르겠지만, 예측은 대부분 빗나가고, 예상은 빗나가더라도 유연성을 품고 있어서 실망이나 좌절을 하지 않는다. 그러므로 인생에서도 예측으로 굳어질 수 있는 부정적인 사고와 심리를, 예상으로 부드럽게 만드는 훈련이 필요하다.

나도 앞으로 예상하는 연습을 하기로 다짐하며, 흰 눈이 사라진 지

내가 묻고, 산이 답하다

점에서 드디어 아이젠을 벗었다. 몸도 마음도 차분하고, 가벼워진 기분이었다. 특히 이번 산행에서는 다음 설산에 대한 두려움이 전보다 해소되었다는 점이 큰 소득이었다.

다시 말하지만, 예상이 습관이 되면, 안정적인 상황을 만들 수 있다. 단편적으로 하나의 문제를 유연하게 해결함을 넘어, 다음 단계에서도 흔들리지 않고, 견고하게 나아갈 수 있다. 이 과정이 반복되면, 자신감이 생기는 건 기본이고, 본인이 원하는 수준의 성과도 이룰 수 있다.

성공은 사전 준비에 달려 있으며,
그러한 준비 없이는 반드시 실패한다.

_공자

30

벗어나지 못할 두려움은 없다

며칠 전, 암으로 투병 중이던 아버지가 떠났다. 마지막으로 함께 등반하고 싶어서 등산 가방에 아버지를 메고, 강원도 홍천의 '가리산'을 찾았다. 평생 자식 키운다고, 애만 쓰고, 제대로 된 여행 한번을 못 가고, 삶을 여유롭게 즐기지도 못한 당신이었기에, 공기 좋고, 물 좋고, 산세 좋은 이곳을 선택했다.

　눈이 많이 쌓여, 곳곳이 빙판길이었다. 아이젠을 착용했지만, 30여 분 뒤에 눈과 얼음이 문제가 아님을 알아차렸다. 엄청난 크기의 나무가 쓰러져 등산로를 막고 있어, 그 사이를 넘어가거나, 그 아래를 지나야 하는 구간이 제법 많았다. 혹시나 주저앉지는 않을까 하는 두려움에 포기할까도 했지만, 그때마다 아버지와 함께라는 사실을 인지하고, 위태로운 그곳을 네발로 기어서 지나갔다.

　이는 삶의 모든 성장과 성공의 길에 마주하는 '부담'의 모습과 꽤 닮아 있었다. 누구나 도전 앞에서 염려하기 마련이다. 실수할 수도 있다는 생각 때문이다. 만약 이 고민에서 벗어나지 못하면, 앞으로 나아가지 못한다. 이러한 이유로 일어나지 않은 실패의 상상이 찾아올 때,

즉시 지워버리는 강력한 지우개가 필요하다. '명확한 목적'과 '의무감'이 그 역할을 해준다. 여기서 명확한 목적은 두려움을 이겨내게 하고, 의무감은 실패하더라도 반드시 해야만 하는 이유가 되어준다. 이로써 두려움에 패배하는 이유는, 목적과 의무감이 상실된 데서 비롯하는 상황임을 알고, 두려워질 때 목적과 의무를 상기해야겠다는 각오를 다지며, 발길을 옮겼다.

몇 차례 위험을 무릅쓰고, 눈앞의 장애물을 넘어왔더니, 어느새 다섯 번째 구간을 지나고 있었다. 이제 마지막, 정상으로 가는 계단만 남겨둔 상태였다. 그런데 여태 올라왔던 길보다 난이도가 더 높았다. 계단 곳곳이 넘어진 나무에 부서져, 일부가 소실되거나 위태롭게 놓여있었던 것이다. 역시 포기하고 싶은 마음이 컸지만, 한 발 한 발 조심스레 내밀며 오르기 시작했다. 큰 위험을 감수하고 올라왔는데, 마지막에 돌아서기에는 아쉬웠기에.

계단이 흔들리는 건지, 강풍에 몸이 휘청이는 건지 알 수 없었으나, 나 스스로 두려움에 휘둘리고 있음은 확실했다. 계단 끝이 보이면, 이제 다 왔다 싶어서 한숨 돌릴 수 있으려나 하다가도, 모퉁이마다 꺾인 계단은 가도 가도 방향만 바뀔 뿐이었다. 그래도 멈추지 않으면 목적지에 도달하듯, 고대하고 고대하던 정상에 도착했다. 지금까지 수많은 위험과 마주하며 산행해 왔지만, 손꼽히는 무서운 날이라, 떨리는 몸과 엉망인 호흡으로 정상석을 안으며 주저앉았다.

아버지와 함께 오지 않았다면 포기했을 산행이었다. 두려움을 이겨내는 방법 중 '동행'이 얼마나 큰 힘이 되는지 깨닫는 순간이었다. 그렇게 나는 "빨리 가려면 혼자 가고, 멀리 가려면 같이 가라."라는 말을 체감했다. 사회도 정글과 같아서, 혼자 무언가를 하는 사람은 무리

를 이길 수 없다. 단순히 많고 적고의 문제가 아니라 '정보'의 문제다. 하나로 통합된 다수의 정보는 개인의 정보보다 압도적으로 우월할 수밖에 없다. 이게 우리가 누군가와 함께 살아야 하는 이유이자, 혼자서 살아갈 수 없는 이유다.

어렵게 올랐지만, 호흡 가다듬을 틈 없이 평소보다 빠르게 하산했다. 내리는 눈과 강풍에 밟고 왔던 계단이 버티지 못하고 무너지면, 정상에 고립될 수 있어서였다. 신기하게도 오를 때와 달리 두려움이 크지 않았다. 이유는 '방법'이 생각난 덕분이다. 빠르게 지나치면 위험을 최소화할 수 있으니, 미끄러지면서 팔과 다리로 바닥을 짚고, 나무 아래를 부리나케 통과했다. 이렇게 바뀐 나의 마음과 태도를 보면서, 같은 상황에서도 두려움으로 볼 것인지, 해결책으로 마주할 것인지에 따라 결과가 달라진다는 진리가 새롭게 다가왔다.

실제로 두려움은 그것을 이겨낼 방법과 함께 찾아온다. 문제는 시간이다. 선택이 지체되면, 두려움은 그만큼 커진다. 그래서 빠른 대처가 필요하다. 내가 위험 구간을 한 번 지난 뒤로, 주변 상황을 먼저 살피고, 점차 더 빠른 판단을 하게 되면서, 두려움을 떨칠 수 있었듯이 말이다. 그렇게 하기 위해서는 '경험'이 필요한데, 모든 경험을 할 수 없기에 가장 좋은 수단은 '책'이 아닐까 한다. 수많은 경험과 지식, 지혜를 넓힐 수 있음은 물론, 문제의 상황에서 벗어날 혜안도 얻을 수 있어서다.

아무튼 두려움 속에서도 선택과 집중을 하며, 안정적인 능선길에 접어들었다. 오를 때까지만 해도 딱딱하던 땅이 녹아 부드럽게 밟혔다. 그리고 그대로 얼어붙어서 삐뚤빼뚤했던 등산객의 발자국 모양이, 같은 곳에서 부드럽게 자리 잡고 있었다. 시간 차이에 따른 자연

의 변화를 바라보며, 삶에 유연함을 담아본다. 속세에서 같은 마음이 들지 못하는 이유는, 원하는 곳에 도달하기 위해 마음에 다짐이라는 씨앗을 심지만, 금세 피어나지 못하기 때문이리라. 심지어 시든 꽃망울은 실망이라는 꽃을 피워냄과 동시에, 욕구 조절에 실패하여 부정적 감정에 잠식되기도 한다. 이처럼 무엇을 원할 때 갖게 되는 의무감은 조급함을 만든다. 그렇기에 내가 원하는 때에 이뤄지지 않는 현실에 주저앉지 않기 위해서는, 무엇이든 내 생각과 다를 수 있음을 인정하는 여유가 필요하다.

한편, 빠른 판단이 필요하다고는 했으나, 너무 빨리 많은 것을 바라고, 설령 그렇게 무언가를 얻을 수 있다고 하더라도 위험할 때가 있으니, 우리네 인생이 새삼 아이러니하다 싶다. 그 끝에 매 순간 애쓰는 게 삶이라는 결론에 다다른다. 그러니 급해진다 싶을 때마다 산 깊이 걸으며, 나아가려 한다. 내가 걸으며, 산에 뿌린 소망은 반드시 이루어질 테니까. 서두르지 않고, 꾸준히 심었고, 애타게 소원하고, 지속된 마음으로 이어나갈 것이기에. 이처럼 어떤 일이든 시간이 필요하다. 꽃나무를 심고, 다음날 꽃이 피기를 기대하는 게 아닌, 볕도 쬐고, 물도 주고, 해도 달도 맞이하고, 보내기를 반복하는 그런 시간 말이다.

하산길 끝자락, 삐뚤빼뚤 둥글둥글 여러 모양의 바위를 누가 옮겼을까? 하얗게 내린 눈이 쌓여 장독대를 연상케 했다. 그 사이에 길이라도 났는지, 봄이 조르륵 소리를 내며, 내려오고 있었다. 그건 분명, 겨울이 작별 인사를 하고, 봄이 스며드는 모습이었다. 세상에도, 내게도.

당신이 저지를 수 있는 가장 큰 실수는
실수를 할까 두려워하는 것이다.
_앨버트 하버드

나비효과의 한쪽 날개인 당신에게 부치는 편지

집필을 마치고, 깨달은 점을 돌아보는 시간에 있다. 평범했다면 얻을 수 없었을 삶의 지혜는, 산을 구조하며, 내 안에 남은 아쉬움과 후회의 시간을 서서히 지워냈다. 그 과정에서 곧게 선 나무에게는 우직함을, 휘어진 나무에게는 유연함을, 부러진 나무에게는 소중함을 배웠으며, 그 외의 지나치는 모든 자연을 통해서는 부족과 후회를 씻어냈다. 또 산을 오르며 차오르는 숨은 조급함과 다급함을 밀어내고, 여유를 채워주었으며, 자연에 안겨 있는 시간만큼 유연해지는 나를 만날 수도 있었다.

그뿐만 아니다. 눈에 보이는 것만으로 판단하고, 들리는 것만으로 인식하고, 행동하던 내가, 점차 보이지 않는 것을 보고, 들리지 않는 것에 집중하기 시작하면서 일상이 바뀌었다. 그건 단순히 나만의 변화가 아니었다. 다음 세대에게 소중한 자연을 선물하겠다는 다짐은 어두운 밤, 장대비가 내리든, 천둥 번개가 내리치든, 내린 눈에 길이 보이지 않더라도 나를 산에 오르게 하면서, 에필로그를 쓰는 현재 "직접 '청'소한 '산' 100군데와 쓰레기를 버리는 의식을 청산하자."는 의미를 담고 있는 '100대 청산' 달성을 너끈히 넘어 140번째 산을 구조하기에 이르러, 우리가 살아가는 자연의 변화에도 일조하지 않았나 한다.

누군가 내게 물었다. "다른 사람들은 100대 명산 등반을 시도하는데, 왜 당신은 유독 100대 산 구조에 집착하느냐?"고. 그런데 그가 잘못 알고 있는 게 있다. 내게 숫자는 중요하지 않다. 앞서 언급한 내용도 그저 이해를 돕기 위해 수치화했을 뿐, 나의 손길이 필요한 산이 있다면, 어디든지 출동할 의지가 있다. 더불어 나의 실천에 산을 찾는 이들의 의식이 바뀔 수만 있다면, 두 다리로 산을 오를 수 있는 그날까지 어떤 산이든 찾아갈 테다.

산을 오르내리며 가장 깊이 체감한 건, 빠르게 변하는 세상의 속도에 의해 관계 속에서 '이해'라는 최고의 소통이 지워졌다는 점이다. 만일 여기에 공감한다면, 꼭 산이 아니더라도 가까이 있는 공원을 비롯한 자연을 찾아보길 권한다. 단언컨대, '나'를 먼저 챙기는 이기심을 비워내고, 그 자리에 여유가 스며들어, 일상의 변화를 느낄 수 있다고 본다.

하나 바라는 게 있다면, 책에 동봉한 '산책남 Clean 자연이 미래다' 스티커를 보면서, 그저 스치지 말고, 다음 세대가 더 좋은 환경에서 뛰어놀 수 있도록 잠시라도 시간을 내어, 주변 정화 활동에 동참해주는 것이다. "혼자 가면 빨리 가지만, 같이 가면 멀리 간다."는 말이 있듯, 당신의 선행이 더해지면, 아픈 자연이 충분히 치유해 갈 수 있으리라 믿는다.

끝으로 '산책남'이라는 네이밍으로 SNS에서 활동 중인 나에게, 언제나 관심과 응원을 보내주는 이웃과 모든 산인에게 지면을 빌려 고마운 마음을 전한다. 그 격려 덕분에 지금까지 올 수 있었고, 나의 사명이 더 단단하게 굳어질 수 있었다. 여기에 더해, 자연을 아끼고, 사랑하는 당신이야말로 산책남 나비효과의 한쪽 날개임을 고백하며, 긴 글을 마친다.

마이산에서 마주친 쓰레기들과 산행 때마다 챙긴 봉투와 장갑

내가 묻고, 산이 답하다

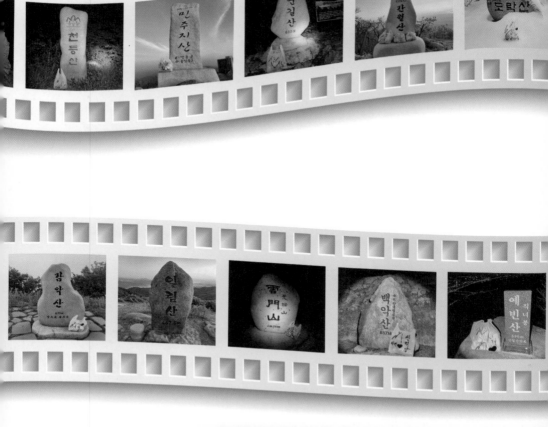

산 구조 청소
100회 기념

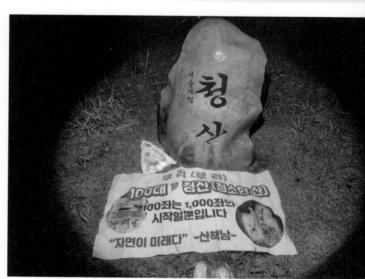

자연에서 마주한 삶의 이면

내가 묻고,
산이 답하다

2024년 8월 20일 초판 1쇄 발행

지은이 | 정성교
편집인 | 이경민
책임편집 | 윤수빈
표지 디자인 | 허은혜

발행인 | 이경민
발행처 | 마이티북스

© 마이티북스

출판사 연락처
전화 | 010-5148-9433
이메일 | novelstudylab@naver.com
홈페이지 | http://마이티북스.com

ISBN 979-11-984193-8-5

도서 제작 과정에서 아래의 폰트를 사용했습니다.
'KoPub고딕체, KoPub바탕체, Noto Sans CJK KR, 카페24단정해, 에스코어 드림'
창작자들을 위해 무료로 배포해준 폰트 제작자 여러분에게 지면을 빌려 감사의 마음을 전합니다.

내가 묻고, 산이 답하다